書下ろし

ふたたびの園瀬

軍鶏《しゃも》侍⑤

野口 卓

祥伝社文庫

目次

新しい風

一

「市蔵《いちぞう》どのは、おいでるで」

「おまえは」

一刀流《いっとう》岩倉《いわくら》道場の玄関に立った少年が案内を請《こ》うと、ほとんど変わらぬ年端《としは》の弟子《でし》が顔を見せた。相手が百姓《ひゃくしょう》だとわかったからだろう、稽古着《けいこぎ》の弟子は居丈高《いたけだか》な言い方をした。

「亀吉《かめきち》、言います」

「なんの用だ」

「道場《どうじょ》に遊びに来い、言われたけん」

庭にいてその遣《や》り取りを耳にした権助《ごんすけ》が、近寄りながら道場の入口を見ると、年少組の弟子が小馬鹿にしたように言った。

「市蔵どのが、おまえにか」

「亀吉で」

おなじ年ごろの弟子におまえと繰り返され、気分を害したのだろう、はっきりと名を告《つ》げた。

「亀ちゃんではないか」

声に振り返った亀吉は笑みを浮かべた。

「権助はん」

なんだ知りあいかとでも言いたげな弟子に、権助が目顔で応えると、相手はうなずいて道場に消えた。

「よう、来てくれましたな。それに、あのおりはすっかり世話になって」

ゆっくりと近付きながら権助がそう言ったとき、道場から市蔵が飛び出して来た。

「亀吉！」

「市蔵若さま」

「いやあ、逢《あ》いたかったぞ。なぜ、もっと早く来なかったのだ」と、うしろを振り返ってから、市蔵は母屋《おもや》のほうに顎《あご》をしゃくった。「道場はうるさいので、向こうで話すとしよう」

「そのまえに」と、権助が市蔵の足もとを指差した。「お履物《はきもの》を」

「いけない」

言うなり、市蔵は裸足《はだし》のまま道場に駆けこんだ。

「なんというあわてようですかいな。いつもはあれほどそそっかしゅうはないのに」

と、権助は首を振った。「亀ちゃんの来てくれたのが、それだけうれしかったということじゃ」

「亀ちゃんはやめてくれるで、権助はん。ほんな、子供みたいな呼び方は」

九歳の亀吉の背伸びした言い方にも、権助は笑うことなく、まじめな顔でうなずいた。

「そうでしたな。これはとんだご無礼を、亀吉さん」

「亀吉でええ」

少し間を置いて、老いた下僕は微笑《ほほえ》んだ。

「はいはい。それでは亀吉、ゆっくりしてくだされ」

庭にもどる権助の後ろ姿を見送っていた亀吉の目が、急にいきいきと光を発した。

庭にはいくつもの唐丸籠《とうまるかご》が置かれているが、その中で羽根を輝かせている軍鶏《しゃも》に目を奪われたのだ。

道場から出て来た市蔵にうながされ、母屋に向かいながら、亀吉はふたたび林立する唐丸籠を振り返った。勘ちがいした市蔵が言った。

「稽古を見たいか」

「ほうやな。せっかく来たんやけん」

「なら、そのうちに見せてやる。道場は騒々しいだけだし、気が向けばいつだって見られるから」

ともかく話したくてならないのだ。亀吉にしても、気持はおなじはずであった。

柴折戸《しおりど》を押して母屋の庭に入ると、市蔵は縁側に腰をおろし、亀吉にも坐《すわ》るようにうながした。

「亀吉どの、よくぞいらしてくれました」

声を聞き付けたからだろう、奥からみつが姿を見せ、正座すると軽く頭をさげた。

「此度《こたび》は市蔵が、大変お世話になりました。また、いつぞやは」

武家の女に声を掛けられたばかりか、礼まで言われて亀吉はすっかり面喰《めんくら》い、どぎまぎしている。

「あ、いや、その、わいは、べつに」

「とても楽しかったと、市蔵は繰り返し申しておりますよ。では、ごゆるりと」

狼狽《ろうばい》した亀吉は、去って行くみつの後ろ姿に向かって、ぴょこりとお辞儀をした。

市蔵が笑いながら見ている。

二人は並んで、南に連《つら》なる山々の中心に位置する前山に目を向けた。

なにから話そうと迷っているのか、二人とも黙ったままである。そして同時に言おうとしたが、市蔵が喋《しゃべ》るよりも一瞬早く、亀吉が口を開いた。

「どうなん、うまいこといっきょるん」

道場に遊びに来るようにとの誘いに応じたという体裁《ていさい》だが、亀吉は市蔵のその後が気懸《きが》かりだったのだろう。うまくいっているのかとの問いは、かれが岩倉家を飛び出して亀吉の家に泊めてもらい、権助が引き取りに行くという事情があったからだ。

それから、み月近くがすぎていた。

「これまでと特に変わりはない。勝手に思い悩んでいただけなのかと、なんだか、独《ひと》り相撲《ずもう》を取っていたような気がする」市蔵はそこで間を置き、亀吉を横目でそっと見た。「わしのことが気になって、来てくれたんだろう」

「そのうちに、道場に遊びに来いと言われたけん、ほれで」

言いながら亀吉は、柴折戸の向こうに目をやった。市蔵がその視線の先を見ると、権助が唐丸籠を少し持ちあげ、軍鶏を移動させていた。

「そうか」いくらか気落ちしながら、市蔵はしみじみと言った。「わしは逢いたかったぞ」

「……！」

「礼も言いたかった」

そのまま市蔵は黙ってしまった。

ややあって、亀吉がちいさな声で言った。

「ごめん。ほんまは心配やった。顔を見たかった」

「そうか。ありがとう」

「わいこそ、礼を言わんといかん。ありがとうな、市蔵若さま」

市蔵は思わず、亀吉の手を両手で握り締めて、何度も首を横に振った。

「亀吉と市蔵だ、今までどおりに、亀と市。それに若さまもやめてくれ」

「ほうもいかんだろ、ここでは。侍《さむらい》と百姓やけん」

「なら、二人だけのときは、亀吉と市蔵で」言葉を切り、相手の目を見詰めて、市蔵はきっぱりと言った。「いいな」

亀吉は顔中を笑いで満たしてうなずいた。

「市蔵。また、怠《なま》けておるな」

その声で、市蔵は機械仕掛けの人形のごとく、弾《はじ》けるように起立した。垣根の向こうから覗《のぞ》きこんだ兄弟子は、亀吉に気付くと表情をいくらかやわらげた。

「客人か。であれば、多少はかまわんが」

「市っちゃ」と、あとを呑《の》みこんで、亀吉は言いなおした。「市蔵若、稽古にもどったほうが」

「しかし、せっかく来てくれたのだ」

「わいは、あの鶏《にわとり》」

「ん？　ああ、軍鶏か」

「軍鶏っちゅうんで？　うん、ほうじゃ、軍鶏。わいは軍鶏を見させてもらうけん」

「わかった。では、あとでな」

柴折戸を押して出ると、市蔵は道場に、亀吉は唐丸籠を並べた庭へと向かう。

しかし亀吉は、一番近い籠のまえで釘付《くぎづ》けになった。

目の粗《あら》い竹籠の中では軍鶏が微動もせず、冬の清澄《せいちょう》な大気の中で陽光を全身に浴びていた。青緑をした笹《ささ》の葉色と、光沢《こうたく》を放つ銀にも似た白い羽毛を輝かせている。頸《くび》の蓑毛《みのげ》は、褐色《かっしょく》や紫なども混ざってさらに多彩だ。

胡桃《くるみ》のように丸くて硬《かた》い鶏冠《とさか》、鋭《するど》い目、短くて堅固な嘴《くちばし》、分厚い胸、太くて長い腿《もも》と鱗《うろこ》がきれいに並んだ脚、そして鋭い爪《つめ》と、鋼《はがね》のような蹴爪《けづめ》。なによりも、武芸者を思わせる凛然《りんぜん》たる立ち姿が、見る者を圧倒する。

「えッ、なんで」

亀吉はわれに返って、「なんですか」との園瀬《そのせ》の俚語《さとことば》で言ったが、どうやら何度も呼ばれたようである。心配そうに見ていた権助の顔が、能の翁《おきな》の面のような笑顔になった。

「見るのは初めてか」

「これが軍鶏で」

「ああ」

「軍鶏道場の軍鶏」

「そうだ」

「きれいじゃなあ」

感に堪《た》えないとの亀吉の声に、権助は満足気にうなずき、おもむろに言った。

「きれいな軍鶏は強い」

亀吉はちらりと権助を見たが、すぐに軍鶏に目をもどし、ぽつりと漏《も》らした。

「強い軍鶏はきれい、言《ゆ》うことで？」

張り手でも喰らったかのように、権助は目をまん丸に見開いた。口もおおきく開けたままであったが、すぐに思い至ったらしく、普段の表情にもどった。

「市蔵若に教えられたのじゃな、軍鶏のことは」

「さっき、これは鶏ではのうて軍鶏と聞いたばっかりじゃ」

無邪気《むじゃき》に返辞をしたが、目は軍鶏に注《そそ》がれたままだ。どうやら深く考えてのことではないらしいと、権助は自分の興奮がおかしくなった。

「強い軍鶏は美しい」とは、道場のあるじ源太夫《げんだゆう》に軍鶏の魅力を教えた、大身旗本の言葉であった。まさに名言だが、それに「美しい軍鶏は強い」と続くのである。

美しい軍鶏を育てることが、強い軍鶏作りに繋《つな》がると源太夫は確信している。ゆえに個性的な雌雄《しゆう》をさまざまな組みあわせで番《つが》わせ、そして得た雛《ひな》を独自の方法で鍛《きた》えていた。

生まれて初めて軍鶏を見たばかりの少年に、そのようなことがわかる道理がない。

思わず微笑みかけた権助だが、次の言葉には驚かされずにいられなかった。

「見た目は鶏やけんど、べつの生《い》き物《もん》やな。軍鶏は」

「べつの、とは、……なにが」

「目じゃ。姿かっこうは鶏でも、目は鶏ではない。鳶《とんび》や百舌《もず》、ほれから梟《ふくろう》といっしょじゃ。相手を睨《にら》み殺すような目ぇしとる」

権助は改めて亀吉を見た。その満面に、じわーッと笑いの細波《さざなみ》が拡《ひろ》がった。この少年が軍鶏に特別な思いを寄せたらしいことと、自分なりの視点を持っていることがわかり、たまらなくうれしくなったのだ。

「そいつは銀笹、あるいは白笹と呼ぶ。銀に笹の葉色が混《ま》じっているので、その呼び名がある。めずらしい色だ。一番ありふれたのが猩《しょうじょう》々茶で、赤味のある茶色をしとる。ほかにもいくつかの色があってな」

権助は言いながら、唐丸籠の上に置かれた重石《おもし》に手を伸ばそうとした。すかさず亀吉が、両手で一貫（三・七五キログラム）はありそうなそれを摑《つか》んで地面におろす。

「子供には重かろう」

「また、子供扱いしよってからに」

「ああ、これはすまなんだ」

権助が籠の天辺《てっぺん》にある紐《ひも》を持って少し持ちあげると、軍鶏はゆっくりと歩き始めた。

「猩々茶には、明るいのから暗いのまであるし、色の濃いのも薄《うす》いのもある。あの二番目のは」と、権助は唐丸籠の一羽を示した。「碁石《ごいし》と言う。白と黒が、半々の割合で混じっとるからな。あれも銀笹とおなじで、あまり見ない羽根色だ。黒いのは烏《からす》と呼ぶ。真っ白な軍鶏もおるかもしれんが、爺《じい》は見たことがない」

「なんぼ、おるん？」

何羽いるのかと問われ、今は雄《おす》の成鶏《せいけい》が十二羽、若鶏《わかどり》が八羽、雌《めす》の成鶏が四羽に若鶏が三羽だと、権助はよどみなく答えた。

「あッ」と、亀吉がちいさく叫んだ。「矮鶏《ちゃぼ》じゃ。なんで?」

「なぜ飼っているか、わかるか」

問われて亀吉は、しばらく考えこんだが、

「卵を抱かせるんじゃな」

「そうだ。爺には抱けぬ」

つまらない冗談《じょうだん》に、亀吉はくすくすと笑った。ひとしきり笑ってから、真顔になると、

「世話は権助はんが一人でするんか、卵を温《ぬく》めるほかは」

権助がうなずくと、亀吉は目を丸くした。

「ほら、大変じゃなあ」

「ああ、齢《とし》だで、けっこう辛い。しかし」

と、そこで間を置くと、亀吉は怪訝《けげん》な顔になった。権助が黙ったままなので、少年は痺《しび》れを切らしたようだ。

「ええこともあるん?」

問われて、権助はおおきくうなずいた。

「さっき、亀吉が言うたな。強い軍鶏はきれい、だと」

なにを言い出すのだろうと、亀吉は好奇の想いがあふれた眼差《まなざ》しで待っている。

「爺が世話した軍鶏は、鶏合《とりあ》わせ（闘鶏）に勝ってもきれいなままじゃ。それがどれだけすばらしいことか、あの気持だけは、だれにもわかりはせん」

ますますわからないという顔の亀吉に、権助が言った。

「亀吉は、いいときに来た」

「いいときって」

「羽根が生《は》え換わったばかりで、軍鶏は今が一番きれいでな」

亀吉が好奇心の塊《かたまり》となり、知りたいことで頭がはち切れそうになっているのを見極め、権助はおもむろに話し始めた。

「軍鶏の、いや軍鶏だけではないが、大抵の鳥は秋に羽根が生え換わるのだ。一度にではのうて、毎年ちょとずつ、古い順にな。軍鶏は喧嘩鳥《けんかどり》と呼ぶくらいだから、年がら年中、蹴《け》りあっておる」

そのため羽毛が飛び散り、羽根が抜け、あるいは軸が折れてしまう。それが新しく生えるので、その間のふた月くらいは闘鶏をさせないのである。また卵を産ませず、当然だが雛を育てることもない。新しい羽根に栄養を取られるので卵に十分な養分が廻《まわ》らず、丈夫な雛が得られないからだ。

強い軍鶏は瞬間に、でなくてもごく短い時間で勝負を決するので、自分の羽根をあまり損《そこ》なわない。短時間で勝てない軍鶏は、長く闘い続けざるを得なくなる。ゆえに羽毛が飛散し、羽根が折れたり抜けたりするのだ。

頸筋から胸前、そして下腹にかけて裸になり、鳥肌が剝《む》き出しになった、哀《あわ》れで滑《こっ》稽《けい》な軍鶏をよく見掛ける。夏が終わるころには、大抵の軍鶏が、程度の差はあってもそうなってしまうのだ。

源太夫が飼う軍鶏は、粒選《つぶよ》りの強者《つわもの》ぞろいである。そのため羽毛や羽根を損なうことが少なく、多くが美麗で、翼や尾羽《おは》が折れたものはあまりいなかった。

冬の今、軍鶏はきれいなままで、羽毛も羽根も、艶々《つやつや》とした金属光沢を放っていた。

二

「そちが亀吉か」

声を掛けられて振り向くと、源太夫が道場から出て来たところであった。市蔵と幸《こう》司《じ》が従っている。

「その節は市蔵が、いかい世話になった。礼を言う」

市蔵に知らされて、あいさつする気になったのだろう。亀吉はとまどいを隠せない。

「道場の先生《せんせ》で？」

「さよう、岩倉源太夫である。以後、よろしくな」

「こっちゃこそ、よろしゅうに」

突然、武士に、それも園瀬の里随一《ずいいち》の剣豪として知られる源太夫に声をかけられ、亀吉はすっかり舞いあがっている。

市蔵が少年の背中を押しながら紹介した。

「弟の幸司だ」

「ああ、幸司若さま。亀吉、言います。よろしゅうに」

お辞儀をした亀吉に、幸司はわずかに頭をさげた。

「ちゃんとあいさつをせんか」

市蔵に言われ、幸司は胸を張った。

「岩倉幸司だ」

言うなり、道場に駆けもどった。

「しょうがないやつだな」

弟の後ろ姿を見送りながら、市蔵は苦笑した。幸司と入れ替わるように、大人になりきらぬ仔犬がやって来て、市蔵を見あげると尻尾を振った。明るい茶色で、脚と尻尾の先だけが白い。

「武蔵《むさし》だ」市蔵がそう言うと、犬はひと声吠えた。「幸司の猫を小次郎《こじろう》という」

市蔵は冗談めかして言ったが、亀吉には通じなかったようだ。

「どうやら、権助の軍鶏自慢《じまん》のじゃまをしたようだな」

源太夫がからかうと、下男はとぼけた顔で応じた。

「ほかに自慢するものもありませんので」

「羽根も生え換わったゆえ、そろそろよかろう。亀吉に鶏合わせを見せてやるがよい。いや味見《あじみ》がいいか」

「さっそく用意するとしましょう」

「権助はん」と、亀吉が訊《き》いた。「味見って、なんな」

「若鶏の稽古試合じゃ。成鶏《おとな》では技が速すぎて、初めての亀吉には見ることができんだろう」

「どうせなら味見でのうて、その、鶏合わせのほうでたのめんかいな」

「せっかくだから見せてやれ」と、源太夫は権助に言った。「どこまで見極められるか」

「さようですな」

答えながら、権助は含み笑いをした。

市蔵が道場に出向き、弟子を一人連れもどった。

床几《しょうぎ》に腰をおろした源太夫が見守る中で、手早く準備が始められる。

二枚の莚《むしろ》を縦に繋ぎ、丸めて立てたものが闘鶏の土俵であった。その中で闘わせるのである。

準備をしながら権助は、試合の進め方や勝負の決まりなどについて説明した。知らないことばかりなので、亀吉はほとんど口を挟まずに、真剣な顔で聞いている。

市蔵と弟子は、土俵の反対側に分かれて作業を進めた。羽根色はともに猩々茶だが、弟子の軍鶏のほうが色が濃かった。

本来なら嘴をむりに開けさせて土瓶《どびん》の水を流しこみ、続いて口に含んだ水を顔に霧状にして吹きつける。興奮させるためではない。汗を掻《か》かない軍鶏は、嘴を開ける以外に体温をさげる方法がないので、試合のまえに冷やしておくのだ。しかし冬場であり、決着がつくまで闘わせる訳《わけ》ではないので省《はぶ》くことにした。

二人は両掌《りょうてのひら》で包みこむように背後から翼《つばさ》を摑み、そして立ちあがる。そこで初めて、軍鶏は自分が闘う相手を目にした。頸と脚をまえに突き出し、飛び掛かろうとして、しきりともがく。

「半分ですかね、それとも三分《さんぶ》でいきますか」

権助がそう言うと、源太夫は二羽を見比べながら答えた。

「三分では、おそらくケリをつけられんだろう。五分《ごぶ》でそっちだな」

と色の濃い軍鶏を示した。

「良い勝負になると思います」

権助は七輪の熾《おき》で線香に火を点《つ》けて立てると、市蔵と弟子にうなずいてみせた。

二人が土俵におろして手を放すなり、二羽は頸の蓑毛を纏《まとい》の馬簾《ばれん》のようにふわりと浮かせた。軍鶏が跳びあがって激突したので、羽毛が飛び散った。たちまち攻防が始まり、めまぐるしく位置が入れ替わる。

亀吉は土俵の莚を摑み、口を開けたまま、喰い入るように見詰め、瞬《まばた》きもしなかった。軍鶏たちの動きにつれて、体が細かく動き続けた。

線香が燃え尽《つ》きて白い灰となった瞬間、源太夫が手をあげる。

「よし、それまで」

源太夫のひと言で、市蔵と弟子が軍鶏を背後から包みこむように摑み、土俵の外に出すと唐丸籠を被《かぶ》せた。

「えッ、勝負は」

亀吉に訊かれて権助は答えた。

「ついた」

「ほなって」

亀吉は解せない顔だがむりもないだろう、どちらかが倒れたわけではないのだから。

「どっちが勝ったんで、権助はん」

「亀吉はどっちだと思う」

問われてしばらく考えていたが、亀吉はきっぱりと言った。

「市蔵若の、茶色の薄いほうじゃ」

権助は、源太夫と目を見あわせるとニヤリとした。

なにか言い掛けた市蔵を目で黙らせ、源太夫が亀吉に訊いた。

「手数《てかず》は濃い茶のほうがはるかに多かったのに、薄いほうの勝ちか」

「手数がなんぼ多うても、ほとんどが空振りやった。薄いほうの攻《せ》めは数がすくないけんど、速《はよ》うてたしかじゃった。相手が疲れるのを待って、一気に倒すつもりやったと思う」

「初めて鶏合わせを見て、そこまでわかるとはたいしたもんだ」

源太夫の言葉に満足げにうなずいた権助は、亀吉に笑い掛けた。

「それが線香の二分か三分か、ということでな」

「色の薄いほうは、勝負に勝ちながら試合には負けたのだ」

源太夫に言われて、亀吉は考えていたが、やがて顔を輝かせた。

「ほうか。ほういうことで」

「そういうことだ」

力量では色の薄いほうが圧倒しているため、時間という枷《かせ》で縛《しば》ったのである。

線香の燃え尽きるのが四半刻（約三十分）なので、三分は十分ほど、五分つまり半分なら約十五分という計算になる。色の濃いほうが十五分間持ち堪《こた》えれば勝ち、それまでに土俵を飛び出すか、戦意を喪失《そうしつ》してうずくまるか、悲鳴をあげるかすれば負け、との条件をつけたのであった。

「どちらかが倒れるまでやっておったら、いくら軍鶏がいても足らなくなるでな」と、源太夫は袴《はかま》の膝《ひざ》を叩いて立ちあがった。「では亀吉、ゆっくりしてゆくがいい」

亀吉は直立すると深々とお辞儀した。

源太夫と弟子が道場にもどり、片付けが終わると、しばし休憩《きゅうけい》することになった。三人が床几に腰をおろしたところに、サトが茶碗を載《の》せた盆を持って現れた。

みつが花《はな》を出産して手が廻らなくなり、日常の雑用に支障を来《きた》すようになった。ちょうど世話をする人がいたので、サトを下女として雇《やと》ったのである。十二歳とのことだが、小柄でしかも痩《や》せているため、九歳の市蔵とおない年くらいに見えた。

「お茶が入ったけん」

「入りました、だろう」

市蔵に注意され、サトはぺろりと舌を出した。

茶碗を手に、亀吉は籠の軍鶏に見入っていたが、やがてかすかに笑みを浮かべた。

「なにがおかしい」

市蔵の声がいくらか不機嫌《ふきげん》なのは、自分に逢いに来たはずの亀吉が、軍鶏にばかり関心を向けているからだろう。それには気付きもせず亀吉は言った。

「道場の先生、軍鶏みたいじゃな。特に目ぇは軍鶏そのもんじゃ」

「だから軍鶏侍と呼ばれておる」

そう言った権助の顔がにやにや笑いに変わり、たまらぬとでもいうように吹き出した。亀吉ばかりか市蔵も怪訝な顔になった。

「ずいぶんとおだやかになられたのですよ。昔はあんなものではありませなんだ」

市蔵は信じられぬという顔になったが、亀吉はちいさく首を傾《かし》げた。

「わいには、優しゅうしてくれた。もっと怖《おとろ》しいと思《おも》とったのに」

「市蔵若さまのお友達だから、特別扱いなんでしょうな。それにしても、変われば変わるものです」と、権助は昔を思い出してか、空中に視線を泳がせた。「用がなければひと言も喋りませなんだからな、あのころの大旦那《おおだんな》さまは」

「あのころって？」

初めて聞く話なのだろう、市蔵も驚きの表情を隠そうとしなかった。

「こちらに移られるまえ、今、修一郎《しゅういちろう》どのがお住まいの組屋敷にいらしたころ、ですよ」

修一郎は源太夫と先妻ともよとの長男で、養子となった市蔵には、歳の離れた義理の兄となる。

「あのころは、一日どころか二日でも三日でも、用がなければ黙ったままでした。軍鶏を見る、居合の稽古をする、本を読む、それだけでしたな。道場を持って、お弟子さんを育てるようになられてからですよ、変わられたのは。もっとも道場を開いたころは、がむしゃらに鍛えるだけでしたが」

「なぜ、変わったのだ」

市蔵はさらに興味を示した。

「力だけではないと、お気付きになられたのでしょうな。軍鶏を、鶏合わせをご覧になられているうちに」

「権助の話は、かならず軍鶏に行き着く」

苦笑しながら市蔵が言うと、

「しょうがありません。一日中《いちんち》、軍鶏と面を突きあわせているのですから」

「一日中って」と、亀吉が興味を示した。「朝から晩までか、権助はん」

「明六ッ《あけ》（六時）から暮六ッ《くれ》（六時）まで、もっともっきっきりという訳ではありませんがな」

そう前置きし、権助は順を追って世話の話をした。

まず餌《えさ》を作って与え、喰い終わると軍鶏を唐丸籠に移して、空になった鶏小舎を掃《そう》除《じ》する。籠は、冬場は日当たりのいい場所、夏場は直射日光を避けて、風の通る樹蔭《こかげ》などに頻繁《ひんぱん》に移さねばならない。

源太夫が味見や鶏合わせをするときは、つきっきりで手伝う。それが終わると行水が待っていた。古い盥《たらい》に微温湯《ぬるまゆ》を満たし、筋肉を揉《も》みほぐしてやるのだ。

夕刻まえにも、暗くならないうちに餌を与えねばならない。

ほかにもすることはいくらでもあった。餌は練《ね》った糠《ぬか》にハコベのような草や野菜を刻《きざ》んで入れるが、おりを見て摘《つ》んでおく必要がある。刻む菜刀《ながたん》は定期的に研《と》がねばならないし、鶏小舎や唐丸籠の補修も権助の役目だ。

糠は軍鶏道場を贔屓《ひいき》にしている米屋がくれるのだが、水車を使って精米している小舎まで、もらいに行かねばならない。行水用の湯を沸《わ》かすために、燃料の炭や薪《まき》も準備する。

「一羽や二羽なら、たいしたことないかもしれませんが」

成鶏と若鶏が平均して三十羽、雛は常に二十羽前後いるとなると、たしかに重労働であった。しかも生き物が相手なので、一日として休むわけにいかないのである。

卵を抱かせるために飼っている矮鶏には餌を与えない。軍鶏は餌箱に頭を突っこみ、頸を振りながら喰うので、周囲に餌が飛び散る。それを拾わせるのだが、雀《すずめ》が横取りするので、追い払わねばならないのが厄介《やっかい》だ。

枡落《ますお》としで雀を捕獲すると、しばらくは近寄らないが、咽喉《のど》もと過ぎれば熱さを忘れるの諺《ことわざ》どおり、長続きしなかった。餌の豊富なときならともかく、冬場になると十日か半月もすれば、鶏小舎の周囲に雀が群れるようになる。

「権助はんが世話すんのを、見せてもろうてもええで」

「退屈なだけだが、べつにかまわんです。もっとも普通の者《もん》なら、すぐ音《ね》をあげるでしょうな」

「明日《あした》、来るけん」

「日の出のころには餌を作っておりますが、そんなに早《はよ》うは来れんだろうから、ま、気が向いたときに来て、好きなだけ見てゆきなされ」

権助が仕事にもどったので、市蔵はようやく亀吉と二人だけで話すことができたのである。

三

翌朝も六ツに、権助は軍鶏の餌作りを始めていた。褞袍《どてら》を着こんだ源太夫が、懐手《ふところで》をしたまま軍鶏を見て廻るのも、いつもどおりだ。

道場では若手の弟子たちが拭き掃除をしていて、ときおり井戸端《いどばた》に現れては、汚れ水を捨てると、きれいな水を汲《く》んでもどる。

南国の園瀬とはいえ、冬場は青物や野草を簡単に得ることはできない。そんな場合、権助は青いうちに採《と》って乾燥させておいた菜を刻み、羽根の生え換わった軍鶏のために、擂《す》った胡麻《ごま》や砕《くだ》いた牡蠣殻《かきがら》を混ぜて餌を作る。

亀吉に気付いた源太夫は、黙って自分といっしょに見るように目顔で示した。駆けて来たのだろう、晩冬だというのに、鼻の頭には汗の玉が浮いている。

黙々と練餌を餌箱に落としてゆく権助の、その動きが停止した。ゆっくりと振り返って亀吉に気付き、意外そうな顔になった。

「こんなに早く来ずともよかったのに」

「手伝うけん、権助はん」

意気ごんだ亀吉がそう言ったが、権助は少し考えてから言った。

「ありがたいが、中途半端では足手まといになる。その気があるなら、黙って見てなされ」

気を悪くすることもなく、亀吉はすなおに権助の言葉に従った。

顔を洗うため井戸端に出て来た市蔵は、さすがに驚いたようであった。

「ずいぶんと早いではないか」

「餌作りには間にあわなんだ。走ったけんどな」

「いっしょに飯を喰おう」

「喰うてきた」

「走って来たのなら、腹が減ったはずだ。いくらでも入るだろう」

その日、市蔵は藩校で学ぶため、六ツ半（午前七時）を四半刻すぎたころに家を出た。一日置きに五ツ（午前八時）から九ツ（正午）まで、「千秋館《せんしゆうかん》」で素読《そどく》などをするのである。

亀吉は言いつけを守り、ひたすら権助の仕事振りを見てすごした。

藩校から帰り、昼食を摂《と》ってひと休みした市蔵は、一刻（約二時間）ほど道場で汗を流した。着替えて庭に出ると、亀吉だけでなく権助の姿も見えない。

しかたがないので、武蔵を連れて散歩に出ようとしたところに、二人がもどって来た。権助は片手で扱う小型の鍬《くわ》を、亀吉は魚籠《びく》のようなものをさげている。かなり重そうだ。

気付くなり権助が言った。

「市蔵若さま、大漁でしてな。亀吉に教えられましたよ」

「大漁って？」

市蔵には訳がわからない。

「泥鰌団子《どじょうだんご》です。これほど簡単に、たくさんの泥鰌を一度に獲《と》れるとは、思いもしませんでした」

「泥鰌団子？　なんだそれは」

不機嫌な顔で市蔵は言った。自分に逢いに来た亀吉が、権助といっしょに出掛けただけでも気分が悪い。泥鰌はわかるが、泥鰌団子となると想像もできないので、いらついているのだ。

「池に放すで？」

亀吉が訊いた。庭には権助が造った二坪半ほどの狭い池がある。小魚を飼っていたので、そこに放そうかと言っているのだ。

「いや、餌ですからな、水甕《みずがめ》か大鉢に入れときましょう」

二人のあいだだけで話が進むのも、市蔵にすればおもしろくない。さりげなく訊き出してみると、こういうことであった。

軍鶏の羽根が生え換わるあいだは、鶏合わせもしなければ卵も産ませない。しかし、春になれば雛を育てるために、いい卵を得る必要があった。そのため牡蠣や蜆貝を細かく砕き、練餌に混ぜて与えていた。だが、それだけでは不十分だと権助は言う。

「泥鰌のぶつ切りを混ぜるといいのですが、今時分は獲れませんからな」

権助の嘆《なげ》きを聞いた亀吉が、そんなのは簡単だと請《う》けあった。それで、言われるままに獲りに出掛けたのである。

花房川《はなぶさがわ》の藤《ふじ》ヶ淵《ふち》のすぐ下流に、盆地への取水の水門があった。堀川が引かれ、それが城の濠《ほり》を満たしていた。さらに、網の目のように掘割がめぐらされて領民に生活用水を提供し、広大な盆地の水田を潤《うるお》しているのである。

用水は、樹木が幹から大枝そして小枝と分かれるように、次第《しだい》に枝分かれして盆地の隅々《すみずみ》にまで水を運んでいた。

水門がおおきく開けられ、用水いっぱいに水が流れるのは、苗代《なわしろ》作りがすんでからだ。田植に始まり、育った稲に花が咲き、実が入って稲穂が頭《こうべ》を垂《た》れる直前までに限られていた。

水門は初秋に半分閉じられるので、翌年の田植までは水量も半減する。農業用水の本流は、途中からいくつもの支流に分かれ、溝《みぞ》となり、次第に狭く浅い小溝になって、末《すえ》は各水田への引きこみ線となっていた。冬場になると花房川の水量そのものが減るので、末端にまで水は廻らない。鯉《こい》や鮒《ふな》、そして鮠《はや》などは、城の大濠や花房川に居場所を移すが、泥鰌は豊富な餌と微細な泥を好んで溝に留《とど》まった。真冬に水が流れなくなると溝の泥底に潜《もぐ》りこんで、仮眠状態で冬を乗り切るのであった。

普通の魚は鰓《えら》で呼吸するが、泥鰌は腸でも呼吸できるので、十分な湿り気のある場所で身動きしなければ、水がなくても生きていられた。春になって水門が開けられるまで、泥の中で何十四もが固まってすごすが、土地のお百姓はそれを泥鰌団子、あるいは泥鰌玉と呼ぶ。

水田の引きこみ線には、ところどころに幅が広くて泥の深い箇所《かしょ》がある。泥鰌団子はその泥中にあった。

権助はだれもがふしぎに思うほどの物識《ものし》りだが、さすがにそれは知らなかったようだ。

「長生きはするものです。泥鰌団子ですからなあ」

底の浅い甕に水を張り、籠の泥鰌を入れると、ぬめりのある体を寄せあっていたからだろう、水面が泡立った。泥鰌は潜ってはゆらゆらと浮上する動作を繰り返していたが、そのうちに静かになった。

権助は何枚かの板を持って来ると、甕に蓋《ふた》をした。

「こうしないことには、せっかくの軍鶏の餌を、水鳥や猫に盗《と》られますでな」

道具を片付けてひと休みすると、権助は泥鰌のぶつ切りを入れた練餌を作り、それを軍鶏の餌箱に、順に落としていった。餌は朝夕の二度で、朝はたっぷり、夕《ゆうべ》はその半分以下である。

黙って見ているようにと言われていた亀吉は、権助について廻り、いっさい手伝わずにその作業を見ていた。

陽が傾きかけたので帰ることになったが、いっしょに食べて行くようにとの市蔵の誘いを亀吉は断った。なんとか引き留めようとしていると、下女のサトが駆けて来た。

サトは亀吉の懐に包みを押しこんだ。

「奥さまからじゃ」

あっけに取られた亀吉と市蔵を残し、サトは身を翻《ひるがえ》して駆け去った。

経木《きょうぎ》に包まれた握《にぎ》り飯《めし》である。

「奥さまは、まことによく気がつかれる」

権助がそう言うと、亀吉は困惑したような顔になったが、ちいさく「ほな、ありがとう」と言うなり、小走りに帰って行った。

翌朝六ツ、源太夫は例によって軍鶏の見廻りを始めたが、いつもは餌の用意をしているはずの権助が、のんびりと焚火《たきび》をしていた。十分に枯《か》れた枝なので、煙は薄青く、匂《にお》いもやわらかであった。

源太夫はなにも言わず、懐手のまま、ゆっくりと鶏小舎の軍鶏を観察して廻る。

六ツ半になって権助が立ちあがり、桶《おけ》の水を柄杓《ひしゃく》で汲んで焚火を消そうとしたところに、亀吉が走りこんで来た。そして権助から柄杓を奪うように取ると、焚火に水を打った。終えると権助に言う。

「憶《おぼ》えたけん、見とってくれるで」

返辞を待たずに、亀吉は餌作りの準備を始めた。

まず鉢に糠を入れて切り刻んだ青菜を加え、水を注ぎながら練る。水は一度に入れず、硬い練りから次第にやわらかくなるよう、何度かに分けて加えていった。さらに甕から泥鰌を摑み出し、ぶつ切りにして投げこんだが、それは前日、権助がしたことの繰り返しである。

餌を与え終わると軍鶏を唐丸籠に移し、鶏小舎の掃除に取り掛かった。そのように、すべての世話を一人でやったのである。

その日、権助はあちこちで細かく注意し、ときに叱《しか》ることもあった。

二日目は、ところどころで指摘した。

三日目は、ほとんど黙ったままであった。

その夜、一升徳利《いっしょうどっくり》をさげた源太夫が、権助の寝起きしている道場の一室にやって来た。

「亀吉はよく厭《あ》きぬものだ」

権助は湯飲み茶碗に酒を注ぎながら、かすかな笑いを浮かべた。

「三日も続くとは思うておりませなんだ。そのまえの日は黙って見ていましたので、都合《つごう》、四日になります」

「軍鶏が気に入ったようだが」

「大旦那さまとおなじでございますよ」

「わしと?」

「惚《ほ》れてしまったようです」

「道を踏《ふ》み迷うたか、あの若さで」

「おたわむれを」

会話が途絶《とだ》えたので、二人の手が同時に茶碗に伸びた。

「考えておらぬ訳ではなかったのだがな」

源太夫がそう切り出すと、権助は数日まえに亀吉に言ったことを繰り返した。今は雄の成鶏が十二羽、若鶏が八羽、雌の成鶏が四羽に若鶏が三羽だと言い、そして続けた。

「年が明けて春になれば、卵を抱かせることになります。孵《かえ》った雛は、あっと言う間に若鶏になりますからな」

「さすがにきつくなったか」

「権助も齢には勝てません」

「何歳になった」

「お父上のころから仕《つか》えておりますので、そこそこに」

「還暦《かんれき》はすぎておろう」

「はっきり憶えておりませんが、かれこれひと昔にはなりましょう」

すると古希《こき》ということになる。病気や怪我《けが》をすることもなく、よくぞ息災《そくさい》でいられたものだ。

「亀吉とは話したのか」

「いえ、まだですが」

「以前より、手伝いの者を雇おうとは思うておったのだ。だが、相手は生き物、それも軍鶏だからな。物を扱うようにはいかん」

「気懸《きが》かりは、わたしの死んだあとです」

「気の弱いことを言うでない。それに面倒は見る。ここをわが家《や》だと思うてくれ。この先、体は思うように動かなくなるかも知れんが、口は動くだろう。まだまだ、おまえの知恵《ちえ》には頼りたいからな」

「たいした知恵ではありませんが」

「どうだ、亀吉を仕込んでみぬか。先日の鶏合わせでは、とても子供とは思えぬほど鋭いことを言っておったし、見るところは見ておる」

「きれいな軍鶏は強いと申しますと、亀吉がなんと言ったと思われます」

「まさか」

「そのまさかでございますよ」

「ふうむ」

ひと唸《うな》りしたまま源太夫は黙ってしまったが、ややあって、

「伊達《だて》や酔狂《すいきょう》で、三日も四日も続けて通えるものではなかろう」

「近道をしても、子供の足では片道一刻近くかかります」

「どうだ、亀吉を弟子に取って、徹底《てってい》的に仕込んでみぬか」

「大旦那さまがそうおっしゃるなら、明日にも話してみますが」

いかにも気が重そうに言ったが、権助が自分から持ち出さず、あるじが話し掛けるのを待っていたのを、源太夫はそのときになって理解した。しかし、少しも不愉快《ふゆかい》ではない。むしろ権助らしさが健在なのを知って、内心ではうれしかったのである。

「住みこめば、長い道を通うこともない」

「亀吉にその気があるのなら、親兄弟に話をつけねばなりませんが」

「任せる」

「では、明日にも」

四

ところが翌朝、亀吉は姿を見せなかった。

六ツ半まで待った権助は焚火を消し、顔色ひとつ変えずに、いつもどおり仕事を開始した。源太夫は軍鶏を見廻ってから、道場で弟子の指導を始めたのである。

気懸かりでならないのだろう、源太夫が五ツ半（九時）に庭に出ると、権助が近寄って来た。

「ほどなく軍鶏は片がつきますので、亀吉のようすを見て来ようと思います。よろしいでしょうか」

「それはかまわぬが」

「病気や怪我のことも考えられますので」

「任せる」

言い残して源太夫は道場にもどった。

物干《ものほ》しに洗濯《せんたく》ものを干していたサトを呼ぶと、権助は握り飯を作るように命じた。

「なんぼで」

「三つあればいい」

「三つやな」

念を押しておきながら、届けたのは随分《ずいぶん》と経《た》ってからであった。

夕刻の軍鶏の餌作りまでにはもどると言い残して、権助は四ツ（十時）に岩倉家の門を出た。

常夜燈の辻で折れて南に向かい、大堤に達すると斜めに坂を上って土手道に出る。

冬とはいえ、晴れて風がないので汗ばむほどだ。高橋《たかばし》の番所で用向きを伝え、橋を渡ると左に折れて、般若峠《はんにゃとうげ》に通じる街道を東へと向かう。

何事もなかったのはそこまでであった。前方から亀吉が駆けて来たのである。

権助は思わず立ち止まったが、同時に相手も気付いた。

顔を真っ赤にして、泣き喚《わめ》きながら駆けて来ると、ぶつかるように権助に抱きついてきた。権助がよろめくくらいの勢いであったが、それよりも驚かされたのは、頰《ほお》や額が腫《は》れあがり、左目の周囲が青黒く隈《くま》になっていたことである。

理由を問うよりもさきに、亀吉が興奮した声で言った。

「家を出た。もう、もどれん。いや、もどる気はない。権助はん、道場に住まわせてもらえるよう、先生にたのんでくれんで」

それには答えず、権助は亀吉の背中を抱くようにしながら、路傍《ろぼう》の石に坐らせた。赤く腫れた頰や隈のできた目が痛々しい。

権助が黙ったまま背を擦《さす》ってやると、細かく体を震わせていた亀吉は、しゃくりあげ、ときおり笛のような咽喉音を出した。

「ともかく落ち着きなされ。それにな、大旦那さま、道場の先生がいいと言うても、黙って住まわせる訳にはいかんのだ」

「なんで？」

「家の人の許しを得ねばならん」

「兄者《あんにゃ》は、うんと言わん。言う訳がない」

亀吉に兄がいることを、権助は初めて知った。五年まえと、つい最近の二度、亀吉の家に行ったが、そのときに会ったのは母親だけである。ともに秋の収穫が終わったあとだったので、兄は遊びに出ていたのかもしれない。

殴《なぐ》ったのが兄だとすれば、父親はいないのだろう。

「ともかく顔を洗いなされ。それに、なにがあったか聞かせてもらわねば、爺には訳がわかりませんでな」

権助は亀吉を立たせると、なだらかな小路を花房川へとおりて行った。

河原に出て亀吉が顔を洗っているあいだに、権助は蓬《よもぎ》を探した。枯れた茎《くき》の根元に、春を待つ色濃い新芽が縮こまっていた。

顔を洗い終わった亀吉に、権助は腰の手拭《てぬぐ》いを抜いて渡した。冬の川水で洗い、その冷たさもあったからだろう、少年はいくらか落ち着いていた。

ひとつまみの塩があればいいのだがと思いながら、権助は蓬の新芽を、親指と人差し指で念入りに揉みほぐし、そして練り潰す。緑の液が出て、青臭い草の香がした。

蓬の汁には血止めと鎮痛の効能がある。

向き合って石に腰をおろすと、権助は蓬の汁を亀吉の傷口に念入りに塗っていった。みみずばれになり、赤紫に色変わりしたところもある。

「沁《し》みるので我慢なされよ。よう効《き》きますでな」

相当に痛いのだろう、亀吉は何度も顔を顰《しか》めた。思わず苦笑すると、怒りも露《あら》わに睨みつけ、怒気も激しく言った。

「なにがおかしいんじゃ」

「兄者は何歳《いくつ》になる」

問いを逸《そ》らされた亀吉は、一瞬、間を置いて答えた。

「十六」

「大人とは言えんが、子供でもない。どうやら、本気で殴ったようだな。痛かったか」

「気狂い犬といっしょで、手に負《お》えんわ。お母《かあ》が止めに入っても、聞きもせん。なんぞっちゅうと、父親代わりじゃと威張《いば》りくさる。わいが叩くんではない、お父《とう》が叩くと思え、言うて。わいは一遍《いっぺん》も、死んだお父に叩かれたことはないのに」

「それだけ亀吉が怒らせたということだ。どうやら昨夜《ゆうべ》、初めて話したらしいな。道場に行っとる、と」

「ちゃあう。今朝《けさ》じゃ」

「今朝、打ち明けたのか」

「ちゃあう」

　ふたたび否定し、権助にうながされて亀吉は続けた。

「出掛けよう思うたら、兄者に見付かった。どこへ行くんぞ言われたけん、軍鶏道場の権助はんの弟子になって、軍鶏の世話をしたい言うたら叩きよった」

「そうか」

　と言ったものの、権助は複雑な思いにさせられた。

　なぜ、兄よりさきに打ち明けてくれなかったのだ、そう思うと残念でならない。源太夫は認めているのである。自分がいっしょに事情を話せば、すんなりと決まったかもしれないのだ。少なくとも、有無《うむ》を言わせず殴りかかる、などということはなかっただろう。

　ところがちがったのである。

　やはり亀吉は軍鶏に魅《み》せられていたのだ。いや、魅せられたなどという情趣《じょうちょ》的なものではなかった。決して大袈裟《おおげさ》でなく、完全に魂《たましい》を奪われたのである。「見た目は鶏やけんど、べつの生き物やな。軍鶏は」と、最初に見て直感的に言ったが、まさにそのとおりであった。

世話をする権助について廻り、翌日から三日間、独《ひと》りでやってみて、ますます軍鶏に惚れてしまったのだ。どれもおなじような仏頂面《ぶっちょうづら》でありながら、一羽一羽が微妙にちがっている。

それは鶏合わせを見、さらに味見を見たことで強く感じていた。闘いの技術を身につけるまえの若鶏だけに、個性が強く出るのかもしれない。

これは考えていたより、はるかに奥が深い世界のようだ。となるとますますやってみたい。ともかく軍鶏の世話をしたい、軍鶏についてもっと知りたいと思ったのである。

「ほなけん今日、権助はんに打ち明けて、道場の先生にたのんでもらおう思たんじゃ。許してくれたら、兄者とお母に話そうと」

ところが兄の丑松《うしまつ》に見付かり、どこへ行くと問われ、権助の弟子になって軍鶏の世話をしたいと、うっかり洩《も》らしてしまったのである。

「アホなこと言うな。血迷うたんか」

「まじめじゃ」

「許さん。どんなことがあっても、許さんけんな」

「理由《わけ》は」

「理由も糞《くそ》もあるか」

「なんであかんのじゃ」

「あかんもんはあかん」

そんな理《り》不尽《ふじん》さに従えるかと、行こうとすると肩を摑まれた。振り切って駆け出そうとしたが、足を払われて土間に転倒した。倒れた亀吉に馬乗りになり、丑松はなにも言わずに殴りかかった。

「丑松、やめな。やめない。やめ、言うとんじゃ」

母の必死の制止にも耳を貸さず、丑松の拳《こぶし》が頰に、顎《あご》に、そして頭にも飛んだ。

「ほれでも、行く気か」

「行く」

口答えするなり、丑松は情け容赦《ようしゃ》なく殴りつけた。

殴りながらも、「わいが叩くんではない、お父が叩く思え」と繰り返した。散々殴り、荒い息をしながら丑松は言った。

「ほれでも、行く気か」

「行く」

「この糞っ垂れが」

言い終わらぬうちから鉄拳が降り注ぐ。母が悲鳴をあげて止めようとしたが、丑松は耳を貸そうとしない。

おなじ遣《や》り取りがさらに三度続いたのまでは覚えているが、いつか意識が遠退《とおの》いてしまった。

ひどく眩《まぶ》しい。目の前が真っ赤であった。

顔が燃えるように熱く、そして激しく痛んだ。どうしたのだろうと思っていると、急に冷たくなった。

目を開けると、母が心配そうに見おろしていた。洗った手拭いを絞《しぼ》って、頬に置いてくれたのだとわかった。ぼんやりとしか見えないのは、瞼《まぶた》が腫れているからだろう。左目は塞《ふさ》がっているらしい。

「あのおとなしい丑が」と、亀吉が気付いたのを知って、囁《ささや》くように母が話し掛けた。「あれだけ怒るんは、よっぽどのことじゃ」

体を起こそうとすると体の節々《ふしぶし》が痛み、思わず呻《うめ》き声をあげた。丑松に組み伏せられて馬乗りになられ、腕を捻《ね》じ曲げられていたためだとわかった。

「むりせんとからに」

母の言葉を無視して、なんとか上体を起こした。眩しいはずだ、障子戸《しょうじど》が開け放たれていた。カンとかバシッと、乾いた音が聞こえるのは、丑松が庭で薪割りをしているからだろう。

こんな家には居られないと思った。兄はどんなことがあっても許さないはずだ。だったら出て行くしかない。黙っているよう母に目顔でたのみ、亀吉はすこし足を引きずりながら、裏から抜け出た。

あとで兄が知れば激怒するだろうが、まさか母に手をあげはしまい。こうなれば、権助と道場の先生にたのむしかないのだ。

少し廻り道をして、西の雁金《かりがね》村に続く街道に出、しばらく歩いていると、前方から老人がやって来る。年寄りにしてはしっかりした足の運びだと思ったが、それが権助だとわかったときには狂喜した。

毎朝、六ツ半には行っていた自分が来ないので、心配してようすを見に来てくれたにちがいない。そう思うと涙が止めどなく流れ出た。それを拭うのも忘れて、亀吉は駆け出していたのである。

「そうかそうか、そうだったのか」

言いながら権助は、胸前で結んだ背負網《しょいあみ》の紐を解《ほど》き、筍《たけのこ》の皮で包んだ握り飯を取り出すと、二個と一個に分けた。

「二つで我慢せえ。爺は年寄りだで、一つで十分じゃ」

亀吉の腹が音を立てて鳴ったが、権助は聞こえぬ振りをした。

岸辺の石の上を飛び歩きながら、キセキレイが餌を探している。ときおり、調子を取るように、長い尾羽をちょんちょんと振るのが小気味いい。

花房川の流れには何尾かの鮠がいたが、上流に頭を向けたまま、ほとんど身動きしなかった。いかに南国の園瀬とはいえ、冬の川水は冷たいのだろう。

「うまい」

「そうか。サトが喜ぶ。おおきさもかっこうもまちまちで、見てくれはよくないが、一所懸命握ってくれたのだ」

権助は半分まで食べると竹の皮に置いて、腰から紐で吊るした竹筒の水筒を抜き、亀吉に手渡した。

「権助はん」

「ん？　なんじゃ」

「軍鶏はなんで闘うんかいな」

権助は笑いを浮かべたものの、亀吉の真剣な目に出あって笑いは退いた。長い時間が流れたが、亀吉は催促《さいそく》せずに黙って待った。考え考えしつつ、権助は話し始めた。

闘わせるためだけに改良した鶏が軍鶏である。ところが一度軍鶏になってしまうと、鶏どころか鳥ですらなくなったのだ。犬猫に牛馬、魚や虫などの、ありふれた生き物の範囲を超えてしまったのである。

軍鶏は軍鶏しか相手にしないが、自分よりおおきい生き物であっても、まるで動じることがない。軍鶏と行きあうと野犬でさえも道を譲《ゆず》る。鋭い眼光に射《い》すくめられてではなかった。軍鶏が一顧《いっこ》だにしなくとも、威圧されて自分から身を避けてしまうのである。

人に対してもおなじであった。自分よりはるかに巨大だが、軍鶏にとっては世話をし、餌を用意してくれる僕《しもべ》でしかない。

しかし、軍鶏がなぜ闘い、どちらかが倒れるまで闘い続けるのかは、権助にも謎でしかなかった。

「軍鶏にもわからんのではないのかな。人が闘うためだけに仕立て、闘うことのほかは、なにからなにまで取りあげてしもうた。だから闘うことしか残っておらん。そうなると、なんのために闘うのかなど、わかるわけがない」

「おもしろいなあ。人が作りあげた、これまでおらなんだ生き物か。ますます気に入ったぞ、わいはやっぱり軍鶏の世話をしたい」

「それでは大旦那さまにたのんでやるが、そのまえにひと戦《いくさ》せねばならんな」

「戦って、兄者か？　あかん。ええと言う訳がない」

「だがな、それでは世間には通じない」

「権助はんは知らんけん。兄者のこと知らんけん、平気《へえき》やけんど」

歩き出してからも、亀吉はぶつぶつと呟《つぶや》き続けた。

五

丸太を輪切りにした高さ一尺ばかりの台に、男は斧《おの》を叩き付けた。腹立ち紛《まぎ》れからか、単に膂力《りょりょく》が強いためかはわからぬが、斧の刃は台に喰いこんだ。周囲には無数の割木が投げ出してあり、その向こうには縛った束《たば》が積みあげてある。

冬だと言うのに片肌脱《ぬ》ぎになって仁王《におう》立ちした大男、いや若者が丑松だとは、権助には容易《ようい》に信じられなかった。十六歳だと亀吉が言ったので、それ相応の若者だと思っていたのである。

そういえば二度会ったことのある母親は、大柄で寡黙《かもく》な女であった。どうやら丑松は母親の血を引いたらしく、肩幅も胸の厚みもあり、腕も比例して太い。赤銅色の肌からは、汗が滴《したた》り落ちていた。

あの腕で手加減せずに殴られては、亀吉でなくても気絶するだろう。

正直言って、権助は謝って帰りたくなった。しかし、それでは亀吉のこれからが、悲惨《ひさん》極まりないものになるのは、火を見るよりも明らかである。

亀の甲より年の劫《こう》、と言うではないか。伊達に古希まで生きてはいない、と権助は腹を括《くく》った。

「お初にお目に掛かりますが、丑松さんとお見受けいたしました。手前は岩倉道場、というより軍鶏道場で知られておりますが、そこの権助と申します」

わざと軍鶏という言葉を出してみたが、丑松は眉毛《まゆげ》を動かすこともなく、ただ黙っている。

「ほほう。弟さんより、よほど軍鶏らしい」

意識的に挑発してみたが、丑松はまるで表情を変えようとせず、ぼんやりと言っていいほどの目で権助を見ていた。

「その口で弟を丸めこんだかと、お思いかもしれませんが、さにあらずでして。いかがでしょう、お仕事中に申し訳ありませんが、膝つきあわせて、話を聞いていただきたいのですがな」

反応はない。目にも顔にも、感情というものが現れないのである。もしかすると言ったことが理解できなかったのかもしれないと、権助はそんな気さえした。大男総身に知恵が廻りかね、というやつだろうか。

亀吉は好奇心が強くて、よく輝く目を持った、利発な少年である。ところが巨漢の丑松は、額が狭くて小さな目をしていた。あるいは父親がちがうのだろうかと、権助はそんな気さえしたほどだ。

母屋の建物の中で動くものがあった。

ほどなく春になろうかという陽光のために、日向《ひなた》はくしゃみが出そうなほど眩しい。そのためだろう、屋内は薄暗かった。そこでなにかが動いたと思うと、開けられた障子戸の奥の暗闇から、手拭いを姉さん被りにした母親が出て来た。

権助は笑顔を浮かべた。

「先だっては、お世話になりまして」

母親は木箱を手にしていたが、黙って権助に頭をさげると、丑松を叱った。

「お客さんを立たせたままで、気の利《き》かん子じゃ」

木箱を置いて坐るように目顔で示したので、権助は軽く会釈《えしゃく》して腰をおろした。

「亀吉のことで、おいでたんだろ?」

言われた丑松は、権助と母親のどちらにでもないという調子で、曖昧《あいまい》な言い方をした。

「亀にはあかんと言うたぁります。この上なにを、聞かんならんので」

権助は意外な思いがした。丑松についての亀吉の話と、青痣《あおあざ》やみみずばれ、さらには十六歳とは思えぬほど屈強な体格から、もっと荒々しく粗暴な男を想像していたのである。

ところが話し振りはもっさりしているし、体の動きも鈍重《どんじゅう》であった。

名は体を表すと言うが、おとなしくおだやかなところはまさに牛である。それだけに、ひとたび狂えば手がつけられないのかもしれない。

「そんな言い方せんと、せっかく来てくれたんやけん、話を聞いてあげない」

母親にそう言われて丑松は、じっと考えていたが、やがてぽつりと言った。

「話すことは、なんもない」

「丑松さんはどうして、亀ちゃんにだめだと言われたのですかな」

意見を求められ、丑松は困惑したような顔でしばらく黙っていたが、やがて渋々《しぶしぶ》と口を開いた。

「百姓仕事も満足にできんのに、ほかの仕事がでっきょる訳がない」

「さすがに、お兄さんだけのことはある。まさにそのとおり。ただ、仕事というものは、だれも最初からできる訳ではありません。覚えてゆけばいいのではないですかな」

「ちゃあう」

「はて、なにがちがいますか」

「亀は百姓になりとうないだけなんじゃ」

「であれば、なりたいものにならせてみたらどうでしょう」

「ほなけん、百姓仕事も満足にできんのに、ほかの仕事がでっきょる訳がない、と言うとる」

「たしかに、したいからと言うて、できる訳でも、なれる訳でもありませんからな。いくら軍鶏の世話をしたいと言うても、それができるほど、世の中は甘くない」

亀吉が権助の袖《そで》を引っ張った。見ると、約束がちがうではないかとでも言いたげに、頬を膨《ふく》らませていた。

「どうした、亀ちゃん。なにが気に喰わんのじゃ」

「権助はんは三日のあいだ、わいが軍鶏の世話をするんを、黙って見とってくれた」

「ああ、そのことか。あれすらできんようでは、話になりませんからな」

「わいは、なんでもできる」

権助はなにも言わず、意味ありげな含み笑いをした。

「なにがおかしいんで」

「卵から孵しても、全部の軍鶏を残せるわけではない。と言うか、見こみのない大抵のやつは潰さんならん」

「家の鶏も、卵を産まんようになったら、絞めてしまう」

「一羽や二羽ではない。一度に孵すのは八羽から十羽だが、一羽も残せんこともある。ひとたび仕事となると、楽なもんではない。亀ちゃんには、そんな酷《むご》いことはできんと思うが」

「できる。わいはやる」

あとには退きそうにない亀吉の顔をしばらく見ていたが、権助はしばし考えをまとめ、それから言った。

「どうでしょうかな、丑松さん、それにお母さん。一度、亀ちゃんにやらせてみては」

「ほなけん、それができんと」

「ようわかります。しかしそうおっしゃいますが、丑松さん。亀ちゃんは意地を張って、ああ言いはしても、なに、あまりにきついので、すぐ逃げ帰って来るに決まってますよ」

なおも言いたげな亀吉を、権助はちらりと見た。目交《めま》ぜの意味を、亀吉は理解したようである。

丑松は腕を組むと目を閉じてしまった。どうやら考えているらしい。権助はしばらくそのままにしておき、相手が顔をあげると同時に言った。

「丑松さんは十六でしたな。とすると、あと四、五年もすりゃ、嫁御をおもらいになる。お子さんも生まれるでしょう。亀ちゃんもいずれは所帯を持たねばなりません。うまく養子の口でもあればよろしいが、でなければ城下に出て、働かねばならん。今すぐか何年後かというだけのちがいですよ。だったら、やらしてみてはどうですか。軍鶏の世話が辛いので辞めたいと言えば、働き口はわたしが探してもよろしい」

「この人の言うとることは、筋が通っとる」と、母親が丑松に言った。「思い切って、やらせてみたらどうで」

「お母はん。亀はな、百姓をやりとうないっちゅうより、百姓が嫌いなんじゃ。百姓を馬鹿にしとんじゃ」

兄の言葉に亀吉はむきになった。

「ほんなことはない。ただ、やりたいことがほかにあるけん」

「まあまあ」

と、権助は熱くなった兄弟を、両手で抑《おさ》えるようにして鎮《しず》めた。

「ここであれこれ言うても、大旦那さま、つまり道場の先生が首を振らんことには、なにも始まりません。どうでしょう、ここはわたしに預《あず》からせてもらえませんか。大旦那さまがいいと言えば、当分は見習いの奉公人として、仕事を覚えてもらいます。見こみがなければ、それはそのときの話しあいということで、いかがでしょうかな」

丑松は目を閉じると、長いあいだ考えこんだが、権助は急《せ》かすことなく待っていた。目を開けた丑松は、権助を見、亀吉に視線を移し、それから母を見、ふたたび目を閉じた。しかし、今度はすぐに開けると、まっすぐに権助を見た。

「ほんなら権助はん、弟をよろしゅうたのんます」

丑松が深々と頭をさげ、少し遅れて母親も頭をさげた。

傷が治ってから、着替えの下着などを持ってあいさつに伺《うかが》うと母親が言った。だが権助は、あるじの源太夫がうんと言わねば、着替えを用意しても意味がないと二人を納得させ、亀吉を連れ出そうとした。

なおも気にする母親に、今晩と明日の晩、我慢して逃げ帰らなければ、持って来てもらってもいいだろう、ただし蒲団《ふとん》と搔巻《かいまき》は道場に用意してある、と言った。それでも母親は、どことなく不安気であった。

六

亀吉はやる気満々で、源太夫には任されている。手強《てごわ》いと思っていた丑松も、条件付きではあるが説得できた。

権助は鼻唄でも唸りたい気分であったが、それを亀吉に覚《さと》られぬよう、苦虫を嚙《か》み潰したような顔をして、黙々と歩き続けた。

「権助はん、あれは駆け引きやったんやな」

亀吉は自分で言いながら、何度もうなずいた。すぐ逃げ帰ると言ったことだとわかったが、権助は憂鬱《ゆううつ》そうな表情を崩さなかった。

あまりにも黙ったままなのと、厳しい顔をしているので、亀吉もさすがに気になったらしい。しばらく考えてから言った。

「道場の先生が、うん、言うてくれるかどうか、心配なんで？」

権助は気を持たせて、返辞はせずに歩き続けたが、高橋に差し掛かるところで歩みをゆるめた。知っていながら権助は訊いた。

「亀吉は何歳《いくつ》になった」

なにを言いたいのだとでも言いたそうに、亀吉は怪訝な顔になったが、はっきりと答えた。

「九つ、もうすぐ十《とお》」

「奉公は楽ではない。十か十二くらいで奉公にあがっても、三人か四人に一人は、半年もせぬうちに逃げ帰る」

「ほれは、いやいや奉公するからじゃ」

「まあ、聞きなされ。商人《あきんど》やお職人のところでもそうじゃ。ましてや亀吉のあるじになるお方はお侍で、何十人、いや百人ものお弟子を抱えとる道場主。お弟子もみんなお侍だ」

「ほんなことは、わかっとる」

「主人は道場の先生だが、先生だけならともかく、お弟子からもあれこれ仕事を言いつけられる。全部という訳ではないが、ひどいやつもいるぞ。自分の家来でもないのに、使わねば損だと、顎でこき使うお弟子もいる」

「楽ではないっちゅうこっちゃな」

「そういうことだ」

「奉公って、そういうもんとちゃうで」

権助が思わず見ると亀吉はにこりと笑った。本当にわかっているのか、なにも知らないので平気なのか、単に楽天的なだけなのか、判断がつきかねた。

橋のすぐ下は深くなり、次第に浅くなってから、早瀬となって流れくだっている。深みには一羽のカイツブリが浮かんでいたが、不意に水中に潜った。逆さまになって丸い尻と水搔きを見せたかと思うと、すでに全身が水中にある。翼に含まれた空気が水銀のように光った。頸と翼、さらには水搔きを使い、目まぐるしく旋回《せんかい》しながら小魚を追っている。水が澄《す》んでいるので、それがすっかり橋の上から見えた。

「あッ」

「おッ」

亀吉と権助が同時に声をあげた。カイツブリが小魚を、嘴で捕らえたのである。

「初めて見た、魚を銜《くわ》えるとこを」

きらきらと目を輝かせる亀吉を見て、権助はもうそれ以上脅《おど》かすのはよそうと思った。自分が見守り、教えてやればなんとか乗り切れるだろう、という気がしたからだ。

高橋の番人は、番屋から出ずにズボラを決めている。股火鉢《またひばち》でもしていて億劫《おっくう》なのだろう。用向きを伝えて橋を越えた権助が、子供を連れてもどっただけなので、いちいち問い糺《ただ》すこともない。いや、そのまえに軍鶏道場の権助と言えば、園瀬の里ではちょっとした名物男だったのである。

番所をすぎて堤防の土手道に出た。

「仕事は軍鶏の世話だけではないぞ」

権助は下男の仕事、つまり、使い走り、水汲み、庭の掃除や草取り、風呂焚きなど、雑用の数々を教えた。

亀吉を庭で待たせると、権助は道場の裏口から入って、弟子の一人に源太夫を呼んでもらった。

源太夫が許可していることを亀吉は知らないので、喰いちがいが起きないよう手短に話しておく必要があったからだ。要点だけを伝えて権助は、すぐに道場を出た。

「稽古のケリがついたら、聞いてくださるそうだ」

亀吉は硬い表情をしている。さすがに不安になって、緊張しているのだろう。

「どうした」

「あかん言われたらどうしょう」

心配するなと言ってやりたかったが、少しは気を持たせたほうがいいと権助は思った。

「亀吉次第だが、先生は剣術遣いだからな、ごまかしや小細工《こざいく》は利かんぞ。正直にすなおにしとれば、うんと言ってもらえるだろうと思うが」

軍鶏の入れられた唐丸籠を順に見廻っていると、源太夫が道場から出て来た。権助より早く、亀吉が床几を開いて据えた。源太夫が腰をおろすと、権助と亀吉はそのまえに並んで立った。

「権助から聞いたが、軍鶏の世話をしたいそうだな」

「どうぞ、やらしてくだはるで」

「簡単でないのはわかっておるのか。相手は生き物だ。それぞれが全部ちがうし、調子も一日としておなじではない」

「そこがええんです」

「毎日おなじではつまらんか」

ような人になりたいいんじゃ」

「だったら、だれにでもできます。わいは、権助はんのように、ほかの者《もん》にはできん

「やりたいからと言うて、できるものでもないがな。……そのまえに、親兄弟の許し

がいるが、どうやら、すんなりとはいかなんだらしいではないか」

源太夫は腫れあがった頬や、隈のできた目を見ながら言った。

「ああ、これで」と、亀吉は頬を示しながら言った。「兄者《あんにゃ》は心配してくれたんじゃ」

驚いたのは権助である。目を見開いて、まじまじと亀吉を見た。

「心配してくれたにしては、えらく念入りな思いやりだな」

源太夫がそう言うと、亀吉は澄まし顔で言った。

「どうでもよかったら、反対せんと、ほっとくはずやけん」

「なるほど道理である。が、きつく反対されたのだろう」

「権助はんが兄者をごまかして、うまいこと言い包《くる》めてくれた」

「言い包めるなどという、難しい言い廻しをどこで覚えたのだ」

「道場《どうじょ》の先生《せんせ》」

「なんだ。改まって」

「子供やけん、百姓やけん言うて、馬鹿にしたらあかん」

「これ、亀吉」

権助があわてて言ったが、源太夫は愉快でならぬというふうに笑った。

「亀吉の言うとおりだ。すまなんだ。すると寺子屋で教えられたのか」

園瀬の里では宗派に関わりなく、各寺が檀家《だんか》の子供のために、日時を決めて月に何日か読み書きなどを教えていた。藩校「千秋館」で学べるのは男児だけなので、下級藩士の娘たちも通っていた。中級以上の娘は母親が教えるか、師匠《ししょう》に屋敷に来てもらう。

寺では町人や百姓も区別せず、無料で読み書きを教えていたのである。文字どおりの寺子屋であった。

「行っとらん」

「学問は嫌いか」

「お寺はんは遠いし、兄者が百姓に学問はいらんちゅうけん」

「奉公は軍鶏の世話だけでないぞ」

「権助はんに聞いとります」

「そうか。……では、奉公してみるか」

「ほうですか。ありがとうございます。一所懸命やりますけん」

「務《つと》まりそうにないと思えば辞めてもらうが、それでよいのだな」

「へえ、よろしゅうに」

「こと軍鶏に関しては、権助はわしよりはるかに詳しい。師匠だと思うて教わるといい」

「師匠、よろしゅうに」

「権助はんでええ。師匠とか先生と呼ばれる柄《がら》ではないし、背中がこそばゆくなる」

源太夫が道場にもどったので、権助は亀吉を母屋に連れて行き、勝手口から入るとサトにみつを呼んでもらった。

丁度、市蔵と幸司もいたので都合がよかった。何度も顔をあわせていたが、権助は改めて亀吉が奉公の見習いになったことを伝えた。

「よろしゅうに」

亀吉はぺこりと頭をさげた。

市蔵はなにか言いたげであったが、みつがいるので我慢したようである。おなじ敷地内で暮らすのだから、いくらでも話す時間はあるからだ。

「花は寝ていますから、亀吉のことは言っておきますよ」

奉公人見習いになったばかりの亀吉の、緊張をほぐそうとでもするように、みつがやわらかく笑いかけた。生まれて半年ほどの赤ん坊に、言っておきますよはないだろうと思ったが、亀吉はみつに頭をさげた。

「よろしゅうに」

そう言ってから、もう一度、亀吉は全員に頭をさげた。

「亀吉、遠慮せんと、なんでも聞きな」

サトは先輩面《せんぱいづら》をして、にっと笑った。

屋外に出ると、亀吉はちいさな溜息《ためいき》をついた。それなりに緊張していたのだろう。

七

仕事のケリがついたので、亀吉がひと休みしようと思っているとサトがやって来た。

「奥さまがお呼びやけん、足ぃ洗うて、よう拭いてから」

どこへ来るようにとも言わずに、サトは駆けもどってしまった。亀吉は権助に断ってから井戸端に向かった。

言われたとおりに足を濯《すす》いでよく拭き、勝手口から母屋に入ると、台所に続く板の間にみつとサトが向きあって坐っていた。サトの横を示されたので、亀吉は頭をさげて坐った。

「今日で五日になりましたが、少しは仕事に慣れましたか。さぞや疲れることだろうね」

「それほどは疲れとらん」

「だったらいいけれど、初めての仕事も多いだろうし、相手は生き物だから」

実際は、急に仕事をしなくなると惚《ぼ》けてしまうので、との理由で権助が仕事を任せてくれないのである。ほとんどが権助の仕事の手伝いだし、一人ですることに関しては、簡単なことしかやらせてもらえなかった。

「早う仕事を覚えたいんじゃ、権助はん」

「まずは、爺の言うことをひとつひとつ、ちゃんとできるようになりなされ。最初から飛ばしすぎると、息切れしてしまう。仕事というもんは、ぼちぼちと覚えてゆくほうが、たしかに自分のものになってゆくでな」

源太夫が言ったように、権助は軍鶏のことを実によく知っていた。軍鶏全般のことこもそうだが、一羽一羽についても、性格や得意技だけでなく、親子兄弟などの血統さえ諳《そら》んじていたのである。

「なんでほんなに、なにもかも知っとるん」

「さあ、なんでかいな。じっと見続けておると、次第に見えてくるようになるわな。それまでわからなんだことが、急にわかることもある」

「見とるだけで」

「ああ、そうじゃ。ただ、ポケーっと見ていてはなにも見えん。全部の軍鶏を見ることも大事かもしれんが、それよりは、どれか一羽を決めて見続ける。どうせ見るなら強いのがいい。いつ、どんなときに仕掛けるか、どういう攻め方をするか、仕損《しそん》じたときにどう立て直すか。強い軍鶏がなぜ強いかがわかってくると、弱い軍鶏がどうして弱いかもわかるようになる」

味見や鶏合わせのときにも、権助は闘い振り、それぞれの攻めや守りについて説明してくれた。

誘い、肩透《かたす》かし、二段跳《ば》ね、目晦《めくら》まし、嵩懸《かさかか》り、体落とし、二段攻め、三段攻め、などなど、さらにはその組みあわせ方についても話してくれるのだが、亀吉にはよくわからない。

「ようわからん」

「仕事とおなじで、ぼちぼちと地道にやってゆくしかない。こういうことに近道はないんじゃ。急がば廻れという言葉もある」

権助にはかれなりの考えがあるのだろうが、そんなふうな言われ方をすればするほど、覚えたい、早く知りたいとますます強く思うのである。

仕事は思ったほど辛くなかったが、亀吉はみつには黙っていた。

「サトも亀吉も、八ツ（午後二時）ごろには仕事に区切りがつく。ひと休みしたいだろうが、今日から毎日、半刻（約一時間）ばかり読み書きなどを教えます。それから言葉遣いや作法も。わかりましたか」

「うん」

「うんではありませんよ、亀吉。目上の人には、はい、と答えないといけません」

サトがくすりと笑ったので、みつが目で窘《たしな》めると、十二歳の下女はあわてて首をすくめた。

呼ばれた理由がわかり、亀吉は心の昂《たかぶ》りを抑えるのに苦労した。仕事を覚えながら読み書きを学べるなど、考えてもいなかったのだ。

寺子屋に行きたかったが、兄の丑松に百姓には不要だと、にべもなく否定されたので諦めていたのである。うれしさが胸一杯に拡がって、全身が熱くなるのがわかった。

　われに返ると、みつがじっと見ていた。亀吉はその意味にようやく気付いて、「はい」と言いなおした。みつは満足気にうなずいた。

「なぜ読み書きや言葉遣いを教えるかというと、使いに行ってもらうことが増えるからです。用件を正しく伝えなくては、使いになりません。手紙を届け、返辞をもらうこともあります。そんなおり、先さまの言っていることがわからなければ、使いは務まりませんからね。また、大人がいないときにお客さまがお見えになれば、サトや亀吉が出なければならないのです。ちゃんとあいさつができないと、軍鶏道場の奉公人は軍鶏とおなじだ、とか、軍鶏以下だと笑われてしまいます」

　その譬《たと》えがおかしかったので、亀吉はつい吹き出してしまったが、みつは苦笑しただけで叱らなかった。

「権助には言ってあるので、亀吉は気にせずに学べばよいのです。サトもそのあいだは、仕事をせずともよろしい」

　亀吉とサトが同時になにか言い掛けたので、みつは亀吉に目を向けた。

「にわか雨が来よったら、軍鶏を籠から小舎に入れんならん」

「学んでいるあいだは権助がやってくれるので、気にしなくてよろしい」

そう言ってからみつはサトを見た。

「急に雨になったら、洗濯もんを」

「よく気がつきましたね。でも、亀吉が手伝ってくれますよ。わずかな時間だから、読み書きを習う邪魔にはなりません。二人はなにも気にしないで、学ぶことだけを考えていればよいのです」

そのようにして、みつの私設手習所が始まった。わずか半刻という短い時間ではあったが、初日は緊張していたからだろう、亀吉は一日分の仕事よりも疲れた気がした。心地よい疲れであった。


「権助もこれでようよう、楽ができるな」

風に当たるために、道場から出て来た弟子の一人がそう言った。

「ですとよろしいのですが、まだまだ子供ですので、いつになりますことやら」

「一所懸命やっとるではないか、遊びたい盛《さか》りだろうに」

みつが二人に読み書きを教えるようになったので、時間がなくなって残念がっているのは、むしろ市蔵であったかもしれない。

下男は軍鶏の世話だけでも、それなりに忙しい。

餌を作って与え、喰い終わった順に唐丸籠で庭に移す。そして鶏小舎を掃除するのである。終わるのが五ツ半から四ツころであった。

すると雑用が待っているが、おもに餌に関してである。

三十羽もいると、朝夕の餌だけでも相当量の糠を用意しなければならなかった。五日か六日に一度の割で、大八車に叺《かます》を何俵も積んで、精米所の水車小舎まで糠をもらいに行く。往復で四半刻ほどの距離ということもあり、いい気晴らしになった。

刻んで糠に混ぜるハコベや大根類の葉、骨格のいい雛を産ませるために砕いて混ぜる川蜷《かわにな》、蜆貝、田螺《たにし》などの貝殻、さらにはぶつ切りで入れる小魚、特に泥鰌、などなど。餌だけでもかなりの量となり、手間もかかるのである。

そして昼食を摂り、一息ついて自由になるのが八ツであった。一刻から一刻半休んでから、夕《ゆうべ》の餌の用意をするのである。唐丸籠の軍鶏を鶏小舎に移して餌を与え、喰い終わると小舎に莚の覆《おお》いを掛ける。そこでようやく、軍鶏の世話の一切が終わるのであった。

下男の権助と見習いの亀吉、そして下女のサトは、家族とはべつに台所横の板の間で夕食を摂る。明《あか》り取りの天窓はあるが、それでも薄暗い。

食べ終わるとサトは三畳の下女部屋に、権助たちは道場に付属した、やはり三畳の下男部屋へさがるのであった。

朝昼夕の三度の食事時間に顔をあわせると、サトはなにかと亀吉の世話を焼きたがった。三つ年上ということと、奉公を始めたのがわずかに半年早いだけなのに、それを理由に姉《ねえ》さん風を吹かせる。

それが亀吉には気に喰わなかった。おせっかい焼きと感じ、うるさくてならない。最初の数日こそ、言われたままに従っていたが、そのうちに「あれこれ言わんといて」とか、「姉はんでも母はんでもないのに」あるいは、「半年早いだけやのに、えらそうに言うな」などと、反発するようになった。

疲れたときなどは、派手《はで》に言いあったりもした。罵《ののし》りあい、言い負かされてサトが涙を浮かべることもあった。

気になった市蔵がそれとなく権助に訊いてみたが、心配することはないと笑われた。

「本当に仲が悪かったら、喧嘩もしませんからな」

平然としている。しかし市蔵にすれば、なぜ仲裁したり注意を与えたりしないのか、ふしぎでならない。

市蔵は母のみつにも訊いてみたが、「仲がいいから喧嘩もできるのですよ」と、権助とおなじことを言って、笑っているのである。

言われてみれば、さっきまで罵りあっていたのに、亀吉が重い物を運んでやるかと思うと、サトが下駄の鼻緒《はなお》をすげ替えてやったりしている。

念のために父の源太夫にも、それとなく訊いてみた。

「サトと亀吉か。実の姉と弟のように、仲がいいではないか」

庭で激しく言いあっている二人を見ながら、そう言って笑っている。

市蔵は混乱してしまったが、それからは以前よりも注意して遣り取りを見るようになった。そうすると、外見的には明らかに言い争っていても、単純には仲が悪いからだとは思えない気もしてきた。

市蔵は自分が、だれよりも亀吉のことをわかりたい、だれよりも深く理解したいと思っていることに気付いた。

ところが知ろうとすればするだけ、わからなくなり、混乱してしまう。

ある日、弟子の一人がからかいぎみに、亀吉を「おい、ドンガメ」と呼んだ。名前の亀吉と百姓ということからだろうが、いかにも小馬鹿にした言い方であった。

市蔵は亀吉が腹を立てるか、少なくとも厭《いや》な顔をするだろうと思ったのである。ところが亀吉は平然として、「へい」と答えたのであった。

なにかのおりにそのことについて訊いてみると、亀吉はちょっと考えてから言った。

「あの人は、わいを怒らそう、厭な顔をするだろうと思って、おもしろがってドンガメと呼んだだけじゃ。ほなけん、厭な顔をしたら、あの人をうれしがらせるだけやけん」

と言ったのである。それを聞いて、市蔵は自分がまるで子供のように思えたのである。

ドンガメと呼ばれても平然としていた亀吉が、ある日、激怒して市蔵を驚かせた。意味のわからぬ叫びをあげながら、武者振《むしゃぶ》りついて投げ飛ばされ、それでも五歳も年上の弟子に摑みかかっていく。身を躱《かわ》した弟子に腰を蹴られた亀吉は堪え切れず、うつ伏せに倒れてしまった。

駆け寄った市蔵は亀吉を抱き起こし、非難の目を弟子に向けた。気が弱く、腕も良くないのに、陰《かげ》で悪口を言ったりする若者であった。

「ちょっと、からかっただけだ」

バツが悪かったからだろう、弟子は弁解でもするように言ったが、にやにやと笑っている。

「からこうてええことと、悪いことがあるんじゃ」亀吉の怒りは収まらなかった。「人の物を盗んだり、嘘をついたり、はっきりと悪いことをしたんなら、なにを言われてもしょうがないけんど」

弟子が、「種が悪くて畑も悪いと、大根も牛蒡《ごぼう》にしかならんか」と、サトをからかったのである。彼女が十二歳としてはちいさく、しかも痩《や》せて色が黒いからであった。

「わかった、わかった」

「ほんなら、詫《わ》びてくれるで」

「詫びる？」

「うちはかんまん。詫びてもらわんでも、ええ」

じっと見ていたサトが、そう言って首をちいさく振った。

かなり離れた場所で権助が軍鶏の唐丸籠を移動させていたが、背中を見せていたので、聞こえなかったのかもしれない。

「そうはいかん。サトはなんも悪うはないのに、ひどいことを言われたんじゃけん」

市蔵は黙って弟子の目を見詰めていた。照れたように笑っていたかれの顔から、笑いが退いていった。

弟子は周りを見廻した。道場では竹刀《しない》や木剣を打ちあう音がしているが、だれも出て来ない。庭には遠くにいる権助のほかには、本人とサト、そして亀吉と市蔵だけである。

黙って見続ける市蔵が、弟子には気になってならないらしい。なにしろ道場主の子供である。告《つ》げ口されたら、叱られるかもしれないし、それよりもみっともない、などとあれこれ秤《はかり》に掛けていたのかもしれなかった。

「悪かったな」

しかたないという顔で、弟子はサトにそう言った。

「ちゃんと謝ってくれるで」

亀吉は引きさがらない。弟子はむっとなったが、それも一瞬で、諦めたような色が顔を被った。

「わしが悪かった。すまなんだ」

「ありがとう」

そう言ったのは、サトではなくて亀吉であった。さらに続けて、

「ほんなら、わいを叩いて」

殴ってくれと言われ、弟子は困惑したようであった。

「奉公人のくせに、お侍さんに生意気《なまいき》を言うたけん、叩いてもらわんと」

躊躇《ためら》いの目で弟子に見られ、市蔵はかすかにうなずいた。

「詫びられては、殴る訳にいかない」

言いながら、弟子がほっとしたような顔になったのは、自分の顔が潰れることなく事が収まったからだろう。

「よかった。仲直りができて」と、市蔵は二人に笑い掛けた。「ではみんな、今までのことは忘れて、これからは仲良くしよう、な」

市蔵は弟子、亀吉、そしてサトの顔を順に見た。険しかった顔が別人のようにやわらかくなり、サトの表情にもじわりと微笑が浮き出てきた。

「齢のせいか目が霞《かす》んで、細かい物が見えんようになり、ずれたり、二重写しになってしまう」

権助のぼやきである。

遠くを見るときは、額に手を庇《ひさし》のように翳《かざ》し、近くの物を見る場合は顔をしかめ、目を細めるようになっていた。

しかし、耳はほとんど衰《おとろ》えていない。弟子や亀吉、市蔵、そしてサトは、背を向けて仕事をしていた権助には聞こえていないと思っていたが、さにあらず。耳は一部始終を、しっかりと聞き取っていた。

二人だけになったとき、権助はその経緯を源太夫に語って聞かせた。

かれらは濠に面した屋敷地に立っていた。

対岸に並ぶ、葉を振るい落とした柳の老樹は、節くれだった裸木となっている。空を映した濠の水が、気のせいか明るくなったようだ。春が確実に近付いているのが感じられた。

黙って耳を傾けていた源太夫は、権助が話し終えるなり言った。

「権助、随分とうれしそうではないか」

「そう見えますですか」

「それほどうれしそうな顔を見るのは、久し振りだ」

相好《そうごう》を崩した権助は、少し考えてから、しみじみと言った。

「子供が大人になっていくのを見ることほど、うれしいことはありません。それもちゃんとした大人になるのは」

「市蔵はいい友を得られたようだな」

「さようで。市蔵若さまの収めようも堂々として、みんなの顔を立てた、それはみごとなものでした」

「権助にもいい弟子のようではないか」

「はい」

主従は濠を挟んだ対岸を見ていた。

「大旦那さまもうれしそうでございますね」

「風が吹いてきた」

言われた権助が源太夫の視線を追うと、対岸の柳の枝がかすかに揺れていた。春風が吹くと、ほどなく、垂れさがった枝が芽吹き始める。

「春の風だ。清々《すがすが》しいな、新しい風は」

ふたたびの園瀬《そのせ》

一

「なにを、このアマ！」

吸鳴《どな》り声がのどかな空気を引き裂《さ》き、雑踏《ざっとう》の喧騒《けんそう》が掻き消えた。

どう見てもまともとは思えぬ男が三人、若い女を囲んでいる。本気で怒っているというより、面白半分にからかっているらしく、一人は草の茎を齧《かじ》りながら、べつの男は懐手のままで、にやにやと笑っていた。

それがわかったからだろう、ざわめきは次第に元にもどっていった。

若い女は立ち姿がすっきりとした、柳眉《りゅうび》と切れ長の目が印象的な美人で、背丈《せたけ》があるだけに人目を引いた。横に拡がる灯籠鬢《とうろうびん》の髪に珊瑚玉《さんごだま》の簪《かんざし》を挿《さ》し、落ち着いた薄紫の無地の着物に、帯は一つ結びにしている。素足に連歯下駄《れんしげた》を履いていた。

商家の娘ではなさそうだが、粋筋《いきすじ》とも思えない。下女や下男などの、供も連れていないようである。

女がなにか言ったが、ちいさくて周りの者には聞こえなかった。男が茎を空に抛《ほう》り投げた。

「言い掛かりだとぉ、ふざけんな」

所は浅草奥山《あさくさおくやま》。

昼下がりで、八ツ（午後二時）にはまだ少し間のあるころあいであった。大道芸人の芸を見て歩き、あるいは茶店の店先で休んでいる連中が、遠巻きにそれを眺《なが》めている。

二十代半《なか》ばと思える若い武士が、大股で男たちに向かった。

「よせ。いやがっておるではないか。大の男が女をいじめてなにがおもしろい」

「引っこんでろ、四六《しろく》の裏」

「な、なんだ。四六の裏、とは」

若い武士は言われた意味がわからないらしく、とまどったような顔になった。それを見て、ならず者は馬鹿にしきった笑いを浮かべた。

「サイコロを振ったことがねえらしいな、浅葱《あさぎ》裏の石部金吉《いしべきんきち》つぁんよぉ。教《おせ》えてやるから、耳の穴かっぽじって聞きやがれ。賽《さい》の目の四の裏は三、六の裏は一、三と一でしめてサンピンってんだ。覚えておきゃがれ」

説明されても意味が理解できなかったらしい田舎《いなか》侍に、見物の連中から「サンピン侍の意味もわからんらしい」などと失笑が漏《も》れた。

ならず者は言葉を切ると、周りを見渡し、全員の目が自分に注がれているのをたしかめてから、若侍に女を指し示した。

「このアマはな、おれさまの面を指差して笑いやがった」

「ちがいます。わたしは抜く抜くと言いながら抜かない、居合抜きの口上がおもしろかったから……」

言い掛けた女は、若侍の顔を見て思わず言葉を呑んだ。相手はそれに気付かず、ならず者に厳しい顔を向けた。

「それみろ、勘《かん》ちがいだと申しておるではないか。その辺にしておくのだな」

「ふざけんじゃねえ」

言いざまに殴りかかったので、女と見物人たちが思わず悲鳴をあげた。

鉄拳が顎に喰い入ったとだれもが思ったが、間一髪《かんいっぱつ》で若侍は身を躱《かわ》し、男のうしろ腰を力まかせに蹴りつけた。

ならず者は蹈鞴《たたら》を踏み、勢い余って地面に両手を突いてしまった。しかし一回転して立ちあがったときには、右手に九寸五分を握っている。

にやにや笑いが消え、憤怒《ふんぬ》の形相《ぎょうそう》に変わっていた。ほかの二人も短刀を抜き、腰を落として構えている。いかにも喧嘩慣れした、しかもそれを楽しんでいるようすが窺《うかが》えた。

見物人たちの顔が刃物を見て強張《こわば》った。

若侍は肩幅に足を開くと、膝をわずかに曲げて、両腕をだらりと垂らしていた。正面に一人と左右に二人、短刀を構えた都合三人のならず者に囲まれても、若侍は平然としている。

「抜け。抜きやがれ。抜けぬところをみると竹光らしいな」

しきりと挑発するが、若侍はまるで取りあわず、おだやかな声で言った。

「ゴロツキ相手に、その必要はない」

正面の男がおおきく右腕を振りあげると、短刀がギラリと陽光を反射し、見物人から悲鳴があがった。それが合図だったのだろう、左右から二人が同時に突っ掛かった。

さらにおおきな悲鳴が起きたが、地面に叩きつけられたのはならず者たちである。まさに電光石火の早業《はやわざ》であった。

若侍は呼吸を乱すことなく、おなじ姿勢で正面の男を睨んでいた。すばやすぎて動きを見ることができなかった見物人は、口を開けたまま唖然《あぜん》としている。

とても太刀《たち》打ちできる相手でないと覚ったのだろう、腰や腕を擦りながら立ちあがった仲間に、正面の男が目交《めま》ぜした。

「畜生《ちくしょう》、覚えてやがれ」

「このままですむと思うな」

捨て台詞《ぜりふ》を残して、三人はすばやく人混みに姿を消した。

「逃げっぷり、お見事」

職人らしい男の野次《やじ》に、どっと笑いが起きた。

「危ういところをありがとうございました。お蔭《かげ》さまで助かりました」

「怪我がなくてなによりだ」

深々とさげた頭をあげると、若い女は澄んだ目を若侍に向けて、いくらか控《ひか》えめに言った。

「ちがっておりましたらお詫びいたしますが、お侍さまは園瀬のお方では」

その一言で若侍は顔を輝かせた。

「やはり園《その》どのであったか」

「えッ」

「ちがっておったら、謝らねばならんが」

「いえ、園でございます」

自分の名を覚えていてくれたことが、園には驚きであった。園瀬に滞在したのは二年まえ、それも丸三日、延《の》べでも四日である。

若侍と顔をあわせたことはあっても、目礼だけですませていた。感じのいい人だなと思って顔は覚えていたが、名前までは知らなかったのである。その相手に名を呼ばれたのだから、驚かずにはいられない。

園の思いに気付くはずもなく、若侍はきまじめな顔で続けた。

「よく似たお人だとは思っておったが、その髪型に、着ておるものも」

「あのときは旅姿でしたもの、着飾《きかざ》ったり、町なかのような髪はとてもできません」

「それにしても、かようなところで会えるとは、思いもせなんだ」

「いつおいでになられたのですか」

「昨日着いて愛宕下《あたごした》の上屋敷にあいさつし、その足で下谷《したや》の中屋敷に移り、旅装を解いたばかりでな」

まるで報告するような口調に、園は思わず笑みを洩らした。

「右も左もわからぬので、取り敢《あ》えず浅草寺《せんそうじ》へと。三味線堀《しゃみせんぼり》の中屋敷から、もっとも近い名所を教えてもらうと、だったら浅草寺だと言われてな。お上《のぼ》りさんの江戸見物というところだ」

言いながら照れ臭くなったのだろう、若侍は苦笑を浮かべた。

「そうでしたか。で、当地《こちら》にはいつまでご滞在に」

「さあ、いつまでになることか」

「……？」

「わたしの主人芦原讃岐《あしはらさぬき》さまの書類を、江戸の御留守居役《おるすい》に届け、返書を受け取れば、もどることになっておるのでな」

「そうしますと、蜻蛉《とんぼ》返りしなければならないかもしれませんね」

「半月くらいと言われておる。長くとも二十日はかからぬだろうと」

「ああ、よかった。でしたら家《うち》にいらしてください。よろしければ、これからでも」

思いもかけない成り行《なりゆ》きに、若侍はとまどったような顔になった。それを察して、園はさりげない笑顔で続けた。

「義父《ちち》の勝五郎《かつごろう》と番頭の音吉《おときち》が大喜びしますよ。江戸にもどってからも、よく園瀬の話をしては、懐《なつ》かしんでいますから」

嘘ではないが、それはむしろ園のほうであった。

園瀬から江戸にもどった当初、園はその話ばかりしていた。「また園瀬だ」と、勝五郎や同行した二番番頭の音吉がからかうので、そのうちに言わなくなっていた。

だがそれからも、ときどきぼんやりとしていることが多かったのである。勝五郎と音吉は、それを見て微苦笑《にがわらい》したものだ。

懐かしい園瀬の話が聞けると思うだけで、園の心は浮き立ってきた。こんな機会は二度とないだろう。

「そう言われても、断りもなしに」

「気になさらないでください。駕籠《かご》を呼びますね」

「では一挺《いっちょう》だけ。わたしは歩こう」

「湯島《ゆしま》までは少しありますよ」

「しばらくは道場に出られんし、中屋敷の道場は狭いのでな。体が鈍《なま》っておるゆえ丁度よい」

「でしたらわたしも歩きます。清三《せいぞう》」

園が呼ぶと、「へい」という声とともに、おどおどとした供の下男が現れた。

園が絡《から》まれたとき、かばうこともできずに逃げていた臆病者《おくびょうもの》である。才二郎《さいじろう》が追い払ったので、そっと近付いてようすをうかがっていたらしい。

「ひとっ走りして、義父に伝えるのです。いいですね、園瀬でお世話になった岩倉源太夫さまのお弟子の」

ちらりと見られて才二郎が名を告げると、園は少し顔を赤らめながら言った。

「東野《とうの》才二郎さまをお連れいたします。園がそう言っていたと伝えるのです。覚えましたか」

「へえ」

「では、言ってごらん」

清三は詰まったが、園がゆっくりと言いなおしたので、なんとか繰り返すことができた。園が微笑みながらうなずくと、清三はうれしそうな顔になった。二人に頭をさげ、くるりと廻れ右をすると、腕をおおきく振る律儀《りちぎ》な走り方で駆け出した。

「人は好《よ》いのですが、ちょっとぼんやりさんなんです。転んだら、忘れるのではないかしら」

園の軽い笑いに誘われるように才二郎も笑ったが、その笑いはどことなくぎこちない。

並んで歩き始めると、たちまち才二郎は緊張してしまった。若い女といっしょに歩くなど、ましてや語りあう経験は、ほとんどなかったからである。間が持てず、よく考えることもせずに言ってしまった。

「なぜ、やっつけなかった」

どうにも間の抜けた問いだと、才二郎は自分に腹を立てずにはいられない。いたずらっぽい園の目に、どぎまぎしてしまう。

「先生の」と言ってから、わからないかもしれないと思って言いなおした。「岩倉先生のお話では、園どのはかなりの腕だと。わたしもそう見たのだが」

思いもかけぬことを言われて、園は目を丸くした。岩倉家を訪れた際にも、道場は覗いていないのである。

ましてや江戸で道場に通って、武芸に励《はげ》んでいることなど、ひと言も洩らすわけがなかった。源太夫たちのまえでは、ごく普通の町娘として振る舞ったつもりだ。

「岩倉さまは勘ちがいされたのですよ。それに相手は三人で、刃物を持っているのですから」

こらしめられぬ相手ではなかったが、そんなことはとてもできない。

湯島で宿屋「吉祥《きつしよう》」を営《いとな》む義父の勝五郎は、息子や娘、さらには妾《めかけ》やその子供たちに、手広く料理屋や茶屋をやらせていた。だがそれは表の顔で、裏では湯島の勝五郎として知られた俠客《きようかく》でもあった。

女の身で三人の男を相手に立ち廻りをしたというだけでも目立つのに、それが勝五郎の娘だと知れると義父に迷惑がかかってしまう。よほどの危険が及ばぬかぎり、相手になる訳にはいかなかったのだ。

しかし才二郎は、そんなことを知る由《よし》もなかった。会話に不慣れな才二郎に較《くら》べ、江戸育ちの園はそつがない。さりげなく岩倉道場や源太夫、みつと二人の子供のことから始め、ときおり江戸の地理案内などを挟みながら、東野才二郎に関することを、ほとんど訊き出してしまった。

岩倉源太夫とは藩校で学び、日向《ひゅうが》道場の相弟子であった芦原弥一郎《やいちろう》の、若党であったこと。弥一郎が目付から中老に昇格して讃岐と名を改めたおり、家士に引きあげられたこと。源太夫が岩倉道場を開くと入門し、二年もせぬうちに代稽古をつける腕になり、やがて師範代となったこと、などをである。

才二郎は、師である源太夫の腕がいかに凄《すご》いかを話そうとしたが、園がそれを知っていたので驚き、逆に感動したふうであった。そればかりでない。倒した相手の祥月《しょうつき》命日には欠かさず墓参し、孤児《みなしご》となった市蔵を養子にしたことなども知っていた。

園は園瀬に行ったおり、旅籠《はたご》「東雲《しののめ》」のあるじや正願寺《せいがんじ》の恵海和尚《えかいおしょう》から、源太夫に関して詳しく教えられていたのである。

二人は雷門《かみなりもん》を出ると、広小路《ひろこうじ》を西へ向かった。田原町《たわらまち》三丁目で左折し、東本願《ひがしほんがん》寺《じ》の裏門を右に見ながら南へと進む。

園瀬と江戸との往復には、普通ならそれぞれ十七日ほどを要する。川止めや船の風待ちを考慮し、二十日とみて計四十日、江戸での日数を加えると都合六十日、約二ヶ月の旅であった。

それは名目で、実のところは芦原讃岐が与えた休暇《きゅうか》である。ただ、休みをやるから江戸見物でもしてこいと言っても、まじめ一本の才二郎は遠慮するだろう。辞退するのがわかっているので、用を言いつけたというのが真相だ。

江戸留守居役は、讃岐とは昵懇《じっこん》の間柄《あいだがら》であった。

若党から家士に取り立てられた才二郎は、ひたすら忠勤に励んだ。嫁を世話しようと、それとなく持ちかけても応じない。好きな娘がいるのかと訊いても、曖昧に笑うだけである。

「であれば世の中を見て来い。そうすれば、おのれが井の中の蛙《かわず》だと思わずにはいられないだろう。ついでに嫁でも連れて帰るといいが、朴念仁《ぼくねんじん》のおまえにはできぬ芸当、夢物語だな」

そう言って送り出されたのであった。

崇福寺《そうふくじ》をすぎると右折し、二人は西へ向かう。ほどなく右手に東本願寺の表門があり、その先の堀を渡ると、左右にずらりと寺が並んでいる。俗に稲荷町《いなりちょう》と言われるが、新寺町《しんてらまち》の名で知られた地域だ。

すれちがう通行人が園を見、振り返る者もいた。才二郎よりは少し低いが、女性としては大柄ですらりとしているし、なによりも整《ととの》った顔の美人なので、人目を惹《ひ》くのもむりはない。

だが、それとはちがった目もあった。

浅草寺を出た直後から、才二郎は自分たちが跟《つ》けられているのに気付いていた。江戸に来たばかりのかれが、尾行されるとは考えられない。とすればねらいは園ということになるが、どのような理由があるのかまではわからなかった。

奥山でからんだ連中の一味かもしれないと思ったが、どうやらそうでもなさそうだ。男は町人ふうだが堅気《かたぎ》とは思えない。

しかも下手《へた》なのである。園に話し掛ける振りをして見ると、ぷいと横を向いたり空を見あげたりするし、立ち止まると男も立ち止まった。常に一定の距離を保っているので、少しでも注意力のある者には、たちまち見破られてしまうだろう。

訊《たず》ねるべきかそれとも黙っているか、才二郎は迷っていた。まちがいなく尾行されていると思ったが、万が一勘ちがいであれば、園にいらぬ心配を掛けるだけである。

やがて山下《やました》に出て、三橋《みはし》を渡り下谷広小路を抜けたが、その辺《あた》りで尾行者は姿を消した。

「どうなさいました」

張り詰めていた気がゆるんだのが、わかったのかもしれない。とすれば、園は鋭い勘をしているということになる。かなり遣えるはずだと言った源太夫の言葉が、一気に重みを増した気がした。

「いや」

さり気なく言ったつもりだが、緊張が伝わったようだ。

「お気付きでしたのね」

「すると」

「しつこいったらありゃしない」

この話は打ち切りですと言われたような気がして、才二郎はそれ以上訊くことができなかった。

二人は上野新黒門町《しんくろもんちょう》で右に折れ、湯島天神裏門坂通りから「吉祥」に向かった。

番頭の音吉はあいさつをすませると、浅草奥山でならず者に絡まれた園を、助けてもらった礼を長々と述べた。そして才二郎を奥へ案内しながら、次のように言った。

「お嬢さまは江戸にもどられても、しばらくは園瀬の話ばかりしておられました」

園は首をすくめ、いたずらっぽい目で才二郎を見た。

二

ところが居室に通されると、園を助けてくれたことへの礼のあとで勝五郎が、娘は江戸にもどってからというもの、とほとんどおなじ台詞《せりふ》を繰り返したのである。

くすりと笑いながら、園はちいさく舌を出した。

園は義父と番頭が園瀬を懐かしんで、その話ばかりしていると言った。才二郎を喜ばせるためだとわかってはいても、双方からそう言われて悪い気はしない。

「では東野さま、ごゆっくりなさってください。わたしは用がありますので、これで失礼いたします」

そう言い残して音吉がさがると、才二郎は上座に坐らされた。勝五郎と園が並んで坐った。

才二郎に代わって園が、かれが江戸に来ることになった経緯《いきさつ》を勝五郎に説明した。そのあいだに酒肴《しゅこう》が用意され、園の話が終わるとふたたび園瀬が話題になった。

二年まえに園と勝五郎が園瀬を訪れたのは、園の実父である秋山精十郎《あきやませいじゅうろう》の墓参と、その死にまつわる話を聞くためであった。

旅籠「東雲」に投宿したかれらは、翌朝、寺町のほぼ中央にある飛邑寺《ひゆうじ》に向かった。精十郎は無縁墓ではあったが、岩倉家の菩提寺《ぼだいじ》に葬《ほうむ》られていたのである。続いて正願寺で、源太夫とは特に親しい碁敵《ごがたき》の恵海和尚からも、いろいろと教えられた。

その後、岩倉家を訪れて精十郎とのことを聞き、源太夫の口利きもあって、分骨してもらうことができたのである。

才二郎が驚かされたのは、二人が実に克明《こくめい》に記憶していたことであった。源太夫の喋った内容、東雲のあるじや恵海和尚の語ったことばかりか、その口ぶりや表情まで活写したのである。

さらには園瀬の里の思い出が続いた。

花房川の高橋を渡って大堤に出たときの、城下の印象や目に入った光景、なだらかな斜面に展開する武家屋敷、西の丸、三の丸、二の丸から本丸に至る縄張りと、反《そ》りのある石垣の上に聳《そび》える天守閣。下級藩士の組屋敷、寺町の大伽藍《だいがらん》。そしてなによりも広大な盆地の、水田の上を渡って来る風と、そよぐ稲、それが岸に打ち寄せる波のように見えたこと、などなど。

活《い》き活きと目を輝かせながら語るさまを見ていると、かれらが繰り返し園瀬の里や、そこに暮らす人々のことを話題に載《の》せていたというのが、儀礼的なものでなかったのがわかり、才二郎は心の底からうれしくなった。

江戸の人が憧れるほどの地に、自分は住んでいるのだと、かれは改めて故郷に思いを馳《は》せた。江戸に来るまでは、考えられなかったことである。

ひとしきり園瀬の話題で盛りあがると、続いて園が、奥山で才二郎がならず者をこらしめた模様を話し始めた。勝五郎の表情が改まったのは、園が才二郎に助けられたという事実しか、知らされていなかったからだとわかった。

どうやら下男の清三は、順序立てて話すことができなかった、それともしなかったらしい。あるいはならず者に恐れをなし、自分が逃げて園を守れなかったことを、恥《は》じていたからだろうか。

「さすがに、岩倉さまの道場で一番の腕だと納得しましたよ」

大袈裟と思えるくらい褒《ほ》めそやしてから、園はそう締めくくった。尻がこそばゆくてならぬ才二郎は、堪らず弁解めいたことを口にした。

「一番の腕は柏崎数馬《かしわざきかずま》で、わたしは二番でしかない」

むきになったのは、能力以上に評価されているらしいのが、気恥ずかしくてならなかったからだ。

「数馬は剣の腕が立つだけでなく、有能な男だ。弓組竹之内《たけのうち》家の次男坊だが、武具組頭の柏崎家から婿《むこ》養子にと請われたほど、文武ともに優れておった。ところが一人娘が十四だったゆえ、二年待って婿入りしたのだが、今では中老に出世しておる」

「ところで東野さまは」

勝五郎がさりげなく訊いたが、問いの意味はわかった。

「いまだに独り身だ」

「やはり、先さまが年若《としわか》なのでお待ちなのでしょうか」

「だといいのだがな」

「でも、約された方はいらっしゃるのでしょう」

勝五郎の問いを引き継《つ》ぐように言った園は、笑みを浮かべてはいたが、目は真剣そのものであった。

「藩士の数馬とはちごうて、わたしは芦原さまの家来、つまり陪臣《またもの》ゆえ、そんな話の来る訳がない」

才二郎は田舎者まる出しの自分が、たまらなく腹立たしく、同時に恥ずかしかった。せっかく二人が、気持よく飲めるように気を遣ってくれているのに、一人でぶち壊してしまったのである。

腹の中では笑っているのではないだろうかと思うと、気が滅入《めい》ってしかたがない。

「門限に遅れるゆえ、そろそろ失礼を」

六ッをすぎると門が閉められるのを理由に、才二郎は吉祥を辞することにした。届けておけば遅くなっても問題ないが、その日は浅草を見物して夕刻には帰るつもりでいたのだ。

勝五郎は出入口までの見送りだったが、園はいっしょに外に出た。

二人は黙ったまま少し歩いた。

「おねがいがあるのですけど」

わずかに体を寄せながら園が囁《ささや》いたが、化粧《けしょう》と若い女の発する匂いに、才二郎はどぎまぎして、思わず身を退きそうになった。

「明日、逢っていただけませんか」

真剣な目にたじろいで返辞ができないでいると、園はさらに体を寄せてきた。

「御用がおありでしたら明後日《あさって》、いえ、お時間のできたときでけっこうです」

「いや、上屋敷からの連絡があるまでは特に用もない」

「ああ、よかった。わたし、お江戸を案内してあげたいのですけど、ご迷惑かしら」

「迷惑などということは。しかし、園どのこそ、なにかとおありではないのか」

「なんにも。それにわたしが吉祥のわがまま娘ってことは、みんな知っていますから、だれも、なにも言いやしません」

「であれば、ねがうことにいたそうか」

「まあ、うれしい。では、約束しましたからね。指切りげんまん、嘘ついたらハリセンボン呑ーます」

才二郎がとまどうくらいの、天真爛漫《てんしんらんまん》とも思えるはしゃぎようであった。

うれしくてならないという気持が、これほどすなおに、正直に出せる人がいるのだ。園のこぼれるような笑顔を見ていると、自分を呪《のろ》いたいほど沈み切っていた気分は、いつの間か霧散《むさん》していた。

出された小指に、才二郎は思わず指を絡めてしまった。園の指はひんやりとして滑《なめ》らかで、全身が熱くなるのがわかった。

「ハリセンボンを呑まされるのは、ごめんだな。ところで園どのは、ハリセンボンをご存じなのか」

そんなことを言っている場合ではないだろうと、自分の野暮《やぼ》ったさがたまらなく腹立たしかった。ところが園は、子供っぽい仕種《しぐさ》で首を傾げた。

「針を千本でしょう」

「ということは」

「着物を縫《ぬ》うための針を、千本呑まされる、……ちがいますか」

「わたしも子供時分にはそう思っていたが、そうではない。魚だ、ウオ。トトともビンビとも言うが、その魚だ」

「まさか」

「河豚《ふぐ》の仲間だそうでな。おおきさはさまざまらしいが、ちいさいのは五寸（約十五センチメートル）ほど。全身の肌に無数の棘《とげ》が生えている。普段は尾鰭《おびれ》のほうに寝ているが、敵から身を守ろうとして体を膨《ふく》らませると、棘が全部立ってしまう。膨れた胴体は径が三寸（約九センチメートル）くらいだそうだから、とても呑めるものではない。それを呑まされるのだ。嘘をついてはいけないとの戒《いまし》めだな」

「本当ですか。わたしがなにも知らないと思って、おからかいではないでしょうね」

「女性《にょしょう》をからこうたことは一度もない」

「ごめんなさい」

「とは言うものの、実物を見たことはないのだ」

「では、なぜにそのように自信たっぷりに。あ、ごめんなさい」

「そう、謝らずともよい。岩倉道場、通称を軍鶏道場と言うが、そこには生き字引《いじびき》のような名物男がいてな」

「権助さん？」

「ご存じか。本人は、生き字引ではなくて生き地獄だ、と申しておるが」

ぷッと、園は吹き出してしまった。吹き出しただけでなく、笑いを堪えられずに身を捩《よじ》り、懐から手巾《しゅきん》を出して目もとを押さえたのである。

いささか驚きはしたものの、二人きりになって気を許したのだろうと、才二郎はむしろうれしくなった。

かれが空咳《からせき》をすると、園はわれに返ったようである。

「いけない。大事なことを忘れるところでした。中御屋敷に女が訪ねてはご迷惑でしょうから、時刻と場所を決めて落ちあうようにいたしませんか」

「では五ツ（午前八時）。早すぎるかな」

「いいえ」と答え、園は少し考えてから言った。「こちらへ参りますときに、不忍池《しのばずのいけ》から流れ出る小川に、三本の橋が架《か》かってましたでしょう」

「ああ、三橋と申したな」

「そのたもとなら、わかりやすいと思いますが」

「たしか柳が植わっていた」

「お化《ば》けではありませんよ」

「園どののように元気よく笑うお化けだと、柳は似合わんな」

園は口許《くちもと》を押さえてから真顔になった。

「では、お送りいたします。門限に遅れてはたいへんですから」

「いや、子供ではないので一人で帰れる。来た道を引き返してもよい」

「遠廻りになりますよ。でしたら、ちょっとお待ちいただけますか」

園は店に駆けもどると、すぐに音吉を伴って姿を見せた。そのあいだに事情を話したらしく、番頭はおおきくうなずいた。

「すぐそこまで案内させていただきやす。三味線堀の近くには、御大名の上御屋敷、中御屋敷、それに御旗本の御屋敷が集まっておりますが、道が入り組んでおりやすので」

勝五郎といっしょのときには、いかにも宿屋の番頭然としたやわらかな物腰と物言いであったが、言葉も口調もやや乱暴になっていた。お嬢さんに手出しすりゃ承知しねえからな、との含みかもしれない。

園に一礼すると、才二郎は音吉に従った。

湯島天神裏門坂通りを逆に辿《たど》り、板倉摂津守《いたくらせっつのかみ》の上屋敷の門をすぎて、その少し先を右に折れた。左右に旗本の屋敷が並ぶが、左手はすぐ石川主殿頭《いしかわとのものかみ》の上屋敷となる。

次の四辻で音吉は立ち止まった。そこからは東に向かう通りが延びている。

「この道を真《ま》っ直《す》ぐ進むってえと、藤堂和泉守《とうどういずみのかみ》さまの中御屋敷に突き当たりやす」

才二郎の耳には「まっつぐ」と聞こえた。

「園瀬の中御屋敷は、そこから……」

音吉は道順と目印を教えると、「ほんじゃ、ごめんなすって」と一礼して店にもどった。

思ったとおり、吉祥を出た直後から才二郎は跟《つ》けられていた。だが、どうこうしようというつもりはないようだ。園といっしょにいた男が、どこにもどるかをたしかめるだけの尾行だろう。

園瀬藩の中屋敷に一度入った才二郎が、すぐに門を出てたしかめたとき、すでに男の姿はなかった。

三

園は才二郎と約束した五ツの、四半刻（約三十分）もまえに三橋のたもとに立っていた。不忍池から流れ出る忍川《しのぶがわ》では、数尾の小魚が上流に頭を向けて体を揺らしている。

上野の山で刻《とき》の鐘《かね》が鳴ると同時に、下谷広小路の方から才二郎が姿を見せた。どこまできまじめな人なのだろうと思いながらも、あまりにも爽《さわ》やかな顔をしているので、少しではあるが恨《うら》めしい。

才二郎はどうやらぐっすりと眠れたようである。園はさまざまな思いが駆けめぐって頭が冴《さ》え、夜を明かしてしまった。ところが、ふしぎなことに少しも疲れてはおらず、むしろすっきりとしていた。

「よくお休みになられたようですね」

「園どのもな」

才二郎もまた、一睡《いっすい》もしていなかったのである。

前夜、吉祥から藩邸にもどった才二郎は、割り当てられた長屋の一室で、掻巻《かいまき》も掛けずに敷布団に大の字になった。

馳走《ちそう》になった上、酒も入ったのですぐにも眠れると思ったが、園の笑顔やちょっとした仕種、言葉の端々が思い出されて目が冴えてならない。さらには園が夢中になって話したので、園瀬の里の光景がしきりと目に浮かんだ。

故郷を出たのは二十日あまりまえだが、それまで才二郎は、ろくに思い出しもしなかったのである。

船中では船酔いに悩まされたし、道中は見るもの聞くものが珍《めずら》しく、それどころではなかった。江戸に着いてからは、人の多さに度肝《どぎも》をぬかれていたからだ。

ところが園だけでなく、勝五郎までもがしきりと懐かしむために、どうしても思い出さずにいられなくなった。

さらには尾行者のこともある。園は触れたがらなかったが、深い理由があるにちがいない。いつかは訊かねばなるまい、と才二郎は心に決めていた。

そのようなことを考えていると、繰り返し園の笑顔が目前に浮かぶのであった。

「東野、帰っておるのだろう」

足音が部屋のまえで止まったと思うと、六谷哲之助《むつやてつのすけ》の声がした。返辞をする気になれず、才二郎は黙っていた。

「なんだ、もう寝てしもうたのか。だらしねえなあ」

長旅の疲れのために昏睡《こんすい》しているとでも思ったらしく、足音は去り、すぐに静けさがもどった。

園瀬を出たのが初めての才二郎には、江戸の藩邸に知りあいがおらず、唯一《ゆいいつ》の顔見知りが哲之助であった。かれより一歳若い二十五歳で、三年前に江戸勤番となっていた。

岩倉道場の相弟子だが、哲之助が弱すぎるのでほとんど竹刀をあわせたことがない。私生活でも交流はなかった。相手は藩士で才二郎は陪臣ということもあり、いくらか見さげた態度が感じられた。それもあって、あいさつをするくらいにしていたのだ。

道場に通う若い藩士たちは、仲間を語らって縄暖簾《なわのれん》に繰りこみ、ときには新地《しんち》で女遊びをした。だが何度か断ると、いつしかだれも誘わなくなった。

その点では、才二郎は若き日の師、岩倉源太夫の雛形《ひながた》だと言ってもいいだろう。

江戸での顔見知りがほかにいないので、しかたなく、あれこれと教えてもらったのである。浅草に行くよう言ったのも哲之助で、おかげで園と再会できたのだ。

眠れぬ夜をすごしたのは二人ともおなじであったが、ともに身も心も軽々としていた。相手の顔を見たことで、その気持はさらに強くなっていたのである。

園の案内で両国《りょうごく》に向かうことになり、才二郎が駕籠に乗るよう勧《すす》めたが園は断った。

「だって、お話しできないではありませんか。それにわたし、少しくらい歩いても疲れたりしません。箱入り娘ではありませんもの」

不案内な才二郎は、園にまかせることにした。下谷広小路を抜けて何度か折れ曲がり、二人は南へと真っ直ぐに道を取った。

「この通りが御徒町《おかちまち》で、左前方に見える長い塀が、藤堂和泉守さまの上御屋敷です」

「普段でも、かように人が多いのか」

「この時刻にすれば、少ないほうだと思いますよ」

「さようか。園瀬の祭礼どきよりもよほど多いので、驚いていたのだが」

やはり跟けられていたが、礼によって、まるで神経を遣っていないのがわかった。

はたして園は気付いているのだろうかと横顔を見ると、相手も才二郎に目を向けた。だが言ったことは、尾行についてではない。

「こんなことをお訊きすると、はしたないと思われるでしょうね」

「問いによりけり、だな」

「そんなふうにおっしゃられたら、話せないではありませんか」

「では、思わないことにしよう」

「そんな。ますますお訊きできなくなりますよ」

と笑ってから少し間を置き、どうして自分の名を知っていたのかと、園は気に掛かっていたことを訊いた。

「園どのは園瀬で一番知られた江戸の女性《にょしょう》で、名を知らぬ男は一人もおらんだろう」

「まさか」

「江戸にもどられてからも、園どのの評判で持ちきりでな。長いあいだ、道場仲間が寄ると触ると、園どのの話で沸いたものだ」

「江戸女は生意気だとか」

「とんでもない。垢《あか》抜けて粋だ。身のこなしが舞踊《おどり》を見るようだ。見られただけで体が震えた、と」

「なんだか、べつのお方のような気がいたします」

それに対する返答《うけ》はなかった。

「あら、問いの答になっていませんね」訝《いぶか》しげな顔をした才二郎に園は言った。「なぜ、わたしの名をご存じなのかと、お訊きしたのですよ」

「そのことか。……先生、岩倉先生に教えていただいた」

「すると、わたしがどういう女かということも？」

「いや、園どのという名と、友人の娘さんだが、今は故《ゆえ》あって湯島で宿屋を営む勝五郎どのの、養女になっておられると教えられた。あとはなにを訊いても、ただ笑っておられるばかりでな」

「そうでしたの」

しばらく二人は黙々と歩いたが、堪えられぬというふうに才二郎が言った。

「一つ、気になることがある」

「付きまとう男のことですね」

「わかっておれば話は早い」

「足袋《たび》屋の看板なんですよ」

「……？」

「片方だけ、できてるんです」

才二郎が自分を呪いたくなるのは、こういうときであった。江戸者なら説明の必要がないのだろうが、かれにはまるでわからないのである。打ちのめされたような目で見たので、園も自分のうかつさに気付いたらしい。

足袋屋の看板は、板に底を貼った巨大な足袋の模型で、布で覆い、鞐《こはぜ》の部分を折り曲げてある。それも決まったように片方だけなので、そのような言い廻しができたようだ。

「なるほど」

「足袋屋の看板っておもしろいですよ。どこかで見掛けたら、お教えしますね」

二人は神田川《かんだがわ》に架かった和泉橋《いずみばし》を渡り、川を左に見ながら柳原《やなぎわら》土手を東へと向かった。

しばらくは無言のまま歩いた。どう言えばいいか考えているのだろうと、才二郎が待っていると、やがて園は口を開いた。

「店の名は申しませんが、室町《むろまち》の大きな問屋さんの御主人だそうです。人を通じて後《のち》添《ぞ》えにと言ってきたのですが、もちろん御断りしました」

「ところが引きさがらない」

「はい。手を替え品を替えして」

「それほど御執心《ごしゅうしん》であれば、大切にされるのではないのか」

「ご存じでないから、そんなふうにおっしゃるのですよ」

たしかに無神経であったと、才二郎は少し後悔《こうかい》した。

園にすれば、考えたり悩んだりする相手ですらないということである。商人と言ってもまともではなく、その証拠に用心棒を連れ歩き、向島《むこうじま》の寮《りよう》には怪しげな浪人者が出入りしているらしい。

「そうでなくてもいやなのに、うしろ暗いところのある商人なんて」

何度も断っているうちに、いかにも身を持ち崩したという遊び人らしき男や、目付きの良くない浪人者がつきまとうようになった。しかし、手出しをするわけではない。園がどこに出掛け、だれと逢っているのかを見張っているだけらしかった。

あるいは園の知らぬところで、彼女が逢った男を脅していないとは言い切れない。そんな噂《うわさ》が立てば、そのうちにだれも寄りつかなくなり、園が諦めて承諾《しようだく》するとでも思っているのだろうか。

「とすれば、昨日の午後から今日と、ずっとわたしといっしょでは、困ったことになるのではないのか」

「いいのですよ。見せつけてやったほうが。ちゃんとしたお武家さんと親しいとわかれば、諦めるかもしれません」と、そこで突然、園は棒立ちになった。「勘ちがいしないでくださいね。そのために東野さまをお誘いしたのではないのです。わたしはいっしょにいたかったから」

「それはいいとして、わたしは半月もすれば園瀬にもどらねばならん」

「おねがい、連れてって」

驚いた才二郎が見ると、園は真剣な目をしていたが、それは瞬《また》く間にすぎなかった。

「そんなに驚かないでください。冗談ですから」言ってから、園は小声で付け足した。「冗談でなくったって、どうせむりですものね」

それきり、二人は口を閉ざしたまま黙然と歩いた。

両国に着くと、園は才二郎の江戸案内という本来の目的を思い出したらしく、あれこれと説明し始めた。

外敵にそなえて橋はなかったが、明暦《めいれき》の大火で大勢の焼死者が出たため架けられ、広い火除《ひよ》け地が設《もう》けられたこと。また武蔵《むさし》と下総《しもうさ》の両国を繋ぐので両国橋と命名されたとか、長さが九十六間（約一七四メートル）あるとか、についてである。

大道芸人の芸を見て投げ銭《せん》をし、さまざまな床店《とこみせ》を見て廻り、才二郎が買って帰る土産物《みやげもの》の下見もした。

園の話に耳を傾《かたむ》けて、相鎚《あいづち》を打ってはいたが、才二郎は心ここにあらずであった。

「おねがい、連れてって」と言った園の言葉が、そして本音とも冗談とも取れるつぶやきが、頭の中で渦《うず》を巻いていたからである。

橋を渡り掛けて中ほどで立ち止まり、川面を猪牙舟《ちょきぶね》や屋形船が滑るように移動するのを眺めていた。視線を次第にあげていくと、家並《やな》みの向こうに千代田《ちよだ》の御城が望見でき、そのはるか彼方《かなた》には富士《ふじ》のお山がくっきりとした姿を見せている。

そのときばかりは、心の中が澄み切った大気で満たされたような気がした。しかし、緩《ゆる》い太鼓《たいこ》になった橋を東両国へと下りて行くと、またしても胸中を雑念が満たし始める。

食事をし、茶屋で休み、見世物小屋を覗いては、一時的に気が晴れることもあったが、陽が西に傾くにつれて気は重くなっていった。

翌日は非番の哲之助につきあえと言われ、来たばかりでなにかと教えてもらったので、断る訳にいかなかった。つまり園とは逢えないのである。

「なんだか元気がないようですけど、長旅の疲れが出たのでしょうか」

来た道を引き返して、下谷広小路で別れるとき、園が心配そうにそう訊ねた。才二郎は首を振り、笑顔を作ったが弱々しい笑いで、却《かえ》って園を心配させたようである。

「では明後日、おなじ時刻におなじ場所で」

藩邸にもどる才二郎の足取りは重かった。

六谷哲之助のことを、才二郎は密《ひそ》かにカマキリと呼んでいた。目がおおきくて左右の間隔《かんかく》が開いており、顎は尖《とが》っているので、縦長の逆三角形をしている。そして人らしい滑らかさではなく、キョトキョトと小刻みな動きをするので、どう見てもカマキリとしか思えないのである。

四

まえの晩とおなじように眠れないかもしれないと覚悟していた才二郎は、横になるなり園の顔が浮かんできたので驚いた。それならむしろ、瞼《まぶた》に現れる園の笑顔を楽しめばいいのだと、心を切り替えることにしたのである。それが逆に心と体の緊張を解きほぐしたのか、いつの間にか深い眠りに沈んでいた。

翌朝は爽やかな朝を迎えることができた。七ツ半（五時）に飛び起きた才二郎は、下駄履きで部屋を出た。

江戸藩邸の中屋敷には、常住の藩士の長屋とは別の棟が建てられている。手が必要な場合に口入屋を通じて臨時に雇う中間《ちゆうげん》や、滞在の短い藩士などのためのものだ。才二郎も別棟に寝泊まりしていた。

空を見あげると上空は黒に近い濃紺《のうこん》で、雲母《きらら》を撒《ま》き散らしたように、無数の星が輝いている。

真上から右手に移るにつれ、藍から青、そして緑から黄緑と、低くなるに従って色が薄く、そして明るくなっていた。そちらが東ということだ。

顔を洗って口を漱《すす》いだ才二郎は、部屋にもどると着替えて袴を穿《は》き、大小を腰に手挟《たばさ》んだ。そのままにしようかとも思ったが、あとで哲之助に厭味《いやみ》を言われるのもかなわない。文机《ふづくえ》の上にあった反故紙《ほごがみ》の裏に、「道場に居る　才」と書いて、障子戸に挟んでおいた。

ほとんどの藩士が寝ている時刻なので、足音を忍ばせて道場に向かった。道場とは言っても、形ばかりの狭いものである。

狭くはあるが天井が高く、壁は厚く造られているので、素振りや居合の型をやるにはなんの障《さわ》りもない。

才二郎は燭台《しょくだい》を一つだけ灯《とも》した。暗闇でも物を見る訓練を続けていたので、灯《あか》りの必要はなかったが、万が一だれかが入って来たときに、驚かせたくなかったからである。

自分から誘っておきながら、哲之助は姿を見せない。しかし稽古を始めると、才二郎はそんなことはたちまち忘れてしまった。

気配を感じて振り向くと、若い男が入ってきたところである。

まさかそんな時刻に人がいるとは、思いもしなかったのだろう。しかも竹刀や木剣でなく、真剣で居合の型を繰り返す才二郎の気魄《きはく》に、度肝を抜かれてしまったらしい。

相当に驚いただろうが、若侍は礼儀正しく目礼し、正面の神棚に一礼してから、壁際で素振りを始めた。真剣を振るう才二郎に、遠慮したのだろう。

才二郎はかまわず型を繰り返した。

静かになったので目を転じると、先程の若侍が正座してかれを見あげていた。目があうなり会釈し、控え目に訊いた。

「失礼ですが、岩倉道場の東野才二郎さまでしょうか」

「そうだが」

才二郎の返辞に相手は顔を輝かせると、柴田秀蔵《しばたひでぞう》だと名乗り、見せていただいてよろしいでしょうかと問う。もちろん否《いな》はないので、うなずくと稽古を続けた。

才二郎は秀蔵に好感を持ったが、礼義正しさよりも、心構えのたしかさを感じたからである。

師の源太夫は見ることが基本中の基本だと、常にその重要性を説《と》いていた。「一点を見ながら全体を見、全体を見ながら一点を見よ」など、見ることについての言葉も多い。どれもわかりやすく、一度で覚えられた。名言ということだろう。

真剣で型を繰り返すのが才二郎だと知って、秀蔵は見たいと言ったのである。であれば、学ぶことも多いはずであった。

一刻（約二時間）ほど汗を流した才二郎が道場を出ようとすると、秀蔵は両手をつき、ありがとうございましたと深々と頭をさげた。

寝泊まりする部屋は、庶民《しょみん》の棟割り長屋とさほど変わらない。障子戸を開けると半畳の土間と一畳分の台所、それに四畳半とそれだけであった。押し入れなどはなく、畳《たた》んだ敷布団や搔巻は小屏風《こびょうぶ》で隠すのである。

旅の荷物も、屏風の陰に収まるくらいしかなかった。あとは寺子屋にあるような小さな文机が置かれ、柱の釘に、両端を曲げた竹製の衣紋《えもん》掛《か》けがさげられているだけだ。

非番のカマキリこと哲之助が姿を見せるのは、どうせ昼からだろうと見当をつけ、才二郎は飯を炊《た》くことにした。火を点けると、持参の本を見ながら、ときおり薪を焼《く》べた。

本は何度か江戸と園瀬を往来《おうらい》したことのある、讃岐の家来がくれたものである。買物案内と絵入りの名所案内の類《たぐい》であった。

主人である芦原讃岐は、路銀と手当てのほかに、過分と思えるほどの餞別《せんべつ》を包んでくれた。讃岐の家来である朋輩《ほうばい》や、道場主の岩倉源太夫をはじめ、親しい道場仲間からも餞別をもらっていた。当然、土産を買わなければならない。

いかにも江戸土産というものを選びたかったし、できれば軽くて安い割には、見栄《みば》えのするものにしたかった。

江戸に着いた翌日に浅草寺と奥山に行き、次の日は園に両国を案内してもらっている。しかし、ただ案内してもらうだけでなく、予《あらかじ》め自分でも知っておきたかったのだ。

二冊の案内は、そのためにも役立ちそうであった。漬物と味噌汁《みそしる》だけで遅めの朝食を摂り、案内にゆっくりと目を通したのである。

昼飯を食べてひと休みしていると、ようやく哲之助が姿を見せた。

「行きたいところはあるのか」

哲之助は部屋にはあがらず、入口の敷居に腰をおろした。

「そうだな、泉岳寺《せんがくじ》には一度は行っておかないと」

「四十七士か。ま、そんなところだろう。いかにも考えそうなことだぜ」

田舎者が、との言葉を抜かしたのが却って露骨に感じられた。誘われたときに断っておくべきだったと、今更ながら才二郎は後悔した。そうすれば、朝から園といっしょにいられたのである。

「だがなあ、東野よ」

喋ると、口だけでなく顎がよく動くところも、カマキリにそっくりであった。

「せっかく華《はな》のお江戸に来たんだ、ここは吉原《よしわら》でなくっちゃ、園瀬に帰って自慢できねえだろうよ」

いかにも江戸に慣れたと自慢するような、くだけた物言いである。

昼遊びという手もあるが、やはり青楼《せいろう》で楽しむとなると、紅灯《こうとう》のころあいでなきゃな、とますますカマキリ面になって哲之助は言った。

「これからぶらりと出かけ、さんざん素見《ひやか》してから、提灯《ちょうちん》に灯が入ったころに登楼《あが》ろうぜ」

「誘ってもらいながらすまぬが、一人で行ってくれんか」

「園瀬に言い交《か》わした女でもおるのか。だったらなおさらだ。江戸の玄人女《くろうとおんな》にたっぷり教えてもらって、いっしょになってから、喜ばせてやるのだな」

早朝から黙々と素振りに励んでいた柴田秀蔵の、爪の垢《あか》でも煎《せん》じて飲ましてやりたかった。

「餞別をたっぷりもらって懐は温かいだろうが、今日はおれが奢《おご》ってやるよ」

「断る」

思いもかけぬ激しさに、自分でも驚いたほどであった。べつに後悔はしなかったが、言ってしまった言葉はもどせない。

まあ、いいか。

十日もすれば江戸とはおさらばで、カマキリ男の顔なんぞ見なくてすむのだ。陪臣のくせに藩士に向かってなんたる態度だと、あとになって仕返しされるかもしれないが、それならそれでいいと、却って胆《たん》が据わった思いであった。

哲之助は才二郎の言葉と同時に立っていた。怒りを抑えることのできぬ顔を紅潮させて、しばらく睨みつけていたが、憎しみの籠《こも》った声を吐き出した。

「憐《あわ》れに思って声を掛けてやったのに、その言種《いいぐさ》はなんだ。ふん、勝手にしやがれ」

捨て台詞を残すと、哲之助は障子戸を叩きつけて出て行った。

カマキリ男の顔が見えなくなっただけで、信じられぬほど心が軽くなった。自分がいかに哲之助を嫌っていたか、そして軽蔑《けいべつ》していたかを、改めて実感したのである。

時刻は九ツ半（午後一時）ごろだと思えた。才二郎は泉岳寺に行きたかったが、少し遠いので諦め、愛宕山に変更した。近くに園瀬藩の上屋敷があるので、不慣れなかれでも迷うことはないと思ったからだ。

愛宕下之圖《ず》の切絵図を懐に、才二郎は中屋敷を出た。

吉祥に園を訪ねたかったが、非番の哲之助に誘われていると言った以上、事情を説明しなければならない。武士として、男としてそんなことはできなかった。

しかし才二郎は愛宕山に詣《もう》でたものの、堪らぬほどの味気なさを感じたのである。園が傍《そば》にいないかぎり、心が晴れぬことがしみじみとわかった。

心を煩悶《はんもん》で満たした才二郎は、かれが嫌うカマキリ男の哲之助が吉原に向かわず、密かにある男と会っていたことなど、知る由もなかった。

「おねがい、連れてって」と、思わず口をついた言葉こそ本心だったのだ。今となっては園にはそれがはっきりとわかる。

ところが才二郎の驚き顔に、予想もしない衝撃を与えてしまったと感じて、まるで弁解するように、愚《おろ》かしいことを言ってしまったのである。

「そんなに驚かないでください。冗談ですから」

冗談なんかであるものか。「おねがい、連れてって」と、心の底から叫んでいたのである。園はあわてて小声でつけ足したが、その言葉もまた哀《かな》しいことに本心であった。

「冗談でなくったって、どうせむりですものね」

むりなのだ。

連れてってと頼まれても、才二郎は園を園瀬には連れて帰れない。それは重々承知している。

しかし、「おねがい、連れてって」だけで止めておけば、ごくわずかではあっても、可能性は残されていた。才二郎が、「わかった。ついて来てくれ」と言ったかもしれないのだ。それを冗談に紛《まぎ》らせるなんて、なんと愚かしいことを言ってしまったのだろう。

ああ、じれったい。うじうじと未練がましいのだ、園らしくない、と胸の裡《うち》に、今度は自分を叱責《しっせき》する声が轟《とどろ》いた。

もともとむりだったのに、あるいはと思ってしまったのが、そもそものまちがいだったのだ。

大身旗本が下女に産ませた精十郎が、園の父親であった。旗本は、四十二歳の齢に生まれた精十郎を溺愛《できあい》した。だが父が亡くなるとたちまち、腹違いの二人の兄は、年の離れた弟を疎《うと》んじたのである。そのため父が進めていた旗本家への婿入りも、自然に流れてしまった。

精十郎は根岸《ねぎし》の長唄《ながうた》の師匠政《まさ》と結ばれ、生まれた娘が園である。父の死によって兄たちに義絶された精十郎は、やがて無頼《ぶらい》の徒となって行方《ゆくえ》知れずとなった。間の悪いことに、病気を患《わずら》って生計《たつき》に困った政は、勧める人があって、湯島で宿屋を営む勝五郎の囲われ者となった。勝五郎の妻が亡くなったので、政は妾の立場から正妻に直《なお》ったのであった。

つまり園は侠客の義理の娘である。

ほどなく、母の政もあの世へと旅立った。自分は一人きりなのだと、園はしみじみと思わずにいられない。

義父はやさしいし、義理の兄や姉たちも齢の離れた園を可愛《かわい》がってくれる。だが、ここは自分の居場所では、自分が作った世界ではない。用意された場所にちゃっかりと坐っているだけだ、との印象が付きまとう。常に客なのだ。自分は自分で、自分が生きてゆく場を持ちたい。

それなのに、唯一だったかもしれない機会を、自分の短慮のために喪《うしな》ってしまったのである。悔やんでも悔やみきれなかった。

自分は湯島の侠客勝五郎の、義理の娘でしかないのだ。改めて、しみじみと、そう、思った。

一方の東野才二郎は、南国園瀬藩の中老芦原讃岐の家士。陪臣ではあるが歴《れっき》とした武士である。

才二郎が武家を捨てて町人になれば、園と添《そ》えないことはない。だが、剣術遣いとして高名な岩倉源太夫の道場で、師範代を務める男が剣と家を捨てられる訳がなかった。

浅草奥山で才二郎に再会し、心の奥に大切にしまっていた園瀬の思い出が、一気に目のまえに拡がった思いがした。

花房川を渡って大堤に立ち、広大な水田と、ゆるやかな斜面に拡がる武家屋敷、高い石垣に白壁、そして天守閣、その裾野《すその》に展開する下級藩士や町人と職人の町、盆地に島嶼《とうしょ》のように点在する百姓家の集落、それらを目にしたとき、勝五郎は言ったのだ。

「桃源郷《とうげんきょう》とは、このようなところかもしれんな」

もっとも次のように付け足すことを、義父は忘れなかった。

「人が生きておる限り、笑いがあれば嘆《なげ》きもある。でなければおもしろくはない。だが、おなじ嘆きや哀しみを味わい、涙を流すとしても、江戸のように埃《ほこり》っぽく殺風景な地よりも、ここのような土地では、心のありようもちがうだろうさ」

その言葉はほどなく証明された。

父の墓参をすませ、道場を訪れて、園は源太夫の人間的な魅力の虜《とりこ》となった。やさしいみつと、園を慕《した》って離れようとしない子供たち。礼儀正しい弟子たち。そして才二郎。

東野才二郎は園にとっての桃源郷である園瀬の里、その地に対する憧れを叶《かな》え、具現化してくれる存在となっていた。

才二郎はすぐ近くにいる。明日も逢えるのだ。それほど身近な存在だったのに、自分の軽率《けいそつ》な言葉によって、あっという間に、手の届かぬ距離に遠退いてしまった。

五

朝の五ツ、上野のお山と下谷広小路の、境《さかい》を流れる忍川に架かる三本の橋。

相手の姿を認めるや、才二郎は大股で、園は小走りになって相寄った。塞いでいた心が相手の顔を見るなり、一気に開いたような気がした。

「行きたい所、おありですか」

「泉岳寺」

問われた才二郎は無意識のうちにそう答えていた。前日、諦めねばならなかったのが、胸の裡に無念な思いとして残っていたのかもしれない。

少し遠いので駕籠を頼もうとしたが、やはり園は断った。寄り添って歩きたい。少しでも身近にいたいのだろう。

二人は広小路から南へと進み、神田川を渡って筋違《すじかい》御門から須田町《すだちょう》へ出た。さらに大通りを日本橋《にほんばし》へと向かう。

顔を見るまでは思い悩んでいたのに、園はそれが嘘のような気さえした。自分がこれまで、数ある嫁入り話に応じなかったのは、いつしかこのような出逢いがあることを、感じていたからかもしれないとさえ思えた。

義父の勝五郎が決して無理強《むりじ》いしなかったことに、園は改めて感謝した。問屋のあるじからの執拗《しつよう》な申し入れにも、毎度のように「娘の気が進まぬようですので」と、やんわりと断ってくれたのである。

三日前に再会するまで才二郎という名さえ知らなかったのに、その人と二人きりのときを持てるのだ。それだけでいいではないか。くよくよするのは止《よ》しにしよう。

才二郎が江戸に留まれる残りの日数は、長くても半月、短ければ十日に減ってしまったが、少なくともそのあいだはいっしょにすごせるのだ。それだけでも十分ではないか。

いくら悩んでも、どうにもならぬこともある。それは天の定めだから従うしかない。やがて別れの日は来るだろうが、どんな奇跡が起こらぬとも言い切れないのだ。だから、ともかく今を大切にしてすごすことにしよう。

「園どの、うれしそうだな」

「ええ、とっても。だって才二郎さんといっしょにいられるのですもの」と、いたずらっぽい目で睨んだ。「才二郎さんはうれしくないのですか」

「もちろんうれしい。ずっといっしょにいられたら、どれほどいいかと思う」

続きを待ったが、才二郎はそれっきり黙ってしまった。

いっしょになりたいと思ってくれただけでも、園はうれしかった。それが叶わぬと結論したらしいのは哀しいが、心の底でそう思ってくれているなら、万が一ということが有り得ないともかぎらない。

日本橋を渡って高札場を右に見ながら、日本橋通りをさらに南へと進んだ。

才二郎は注意を怠《おこた》らなかったが、跟けられてはいなかった。園と再会した日に、浅草から湯島へ向かうときが最初だった。次の日に二人で両国に行ったときも、いや、昨日、愛宕山に詣でたおりは一人だったのに、やはり尾行されていた。

ところが今日は気配すらしないのだ。問屋のあるじが遂《つい》に諦めたのか、別の女に気が移ったのか、あるいはたまには跟けない日もあるのかもしれない。かといって園に、それを訊く訳にもいかなかった。

京橋《きょうばし》から新橋《しんばし》、そして金杉橋《かなすぎばし》を渡ると、左手に江戸前の海が拡がっている。かなりの道程《みちのり》なので、帰りは駕籠にしなければな、と才二郎は思った。

ところがやはり尾行されていた。

新橋を渡ったころに気配を感じ、金杉橋までのあいだにまちがいないと確信した。並んで歩きながら、話し掛けるときにはなるべく園の顔を見るように横を向き、目の片隅で探ったのである。

だが奇妙だ。これまでは、誇示《こじ》するとは言わなくても、尾行していることを隠そうとしなかった。

ところが今日は明らかにちがう。覚られぬように、細心の注意を払っているのだ。昨日までの三日が素人《しろうと》だとすると、今日は明らかに玄人である。

帰路は園が同意したので駕籠に乗ったが、吉祥に乗りつけるのは厭だと言うので、下谷御成《おなり》街道の上野新黒門町の角で降りた。左に折れて湯島天神裏門坂通りを進めば、店はそのさきにある。

園と別れて藩邸にもどるまで、ずっと尾行者の気配は消えなかった。裏を掻いて首根っこを押さえてやろうかと思ったが、相手には地の利があって、路地や抜け道を知《ち》悉《しっ》しているはずだ。才二郎はまるで不案内なので、勝負になる訳がなかった。

ところが翌日はまた、露骨な尾行にもどったのである。どうも変だ。なにがあったのだろうと考えをめぐらせたが、見当もつかなかった。

「わたし、きっぱりと突っぱねちゃった」

今までにない、まるで下町娘のような口調に才二郎は目を丸くした。と言って、江戸に来たばかりのかれには、下町娘がどんな口調で喋るのかはわからなかった。そんな気がしただけである。それに「わたし」ではなく、「あたし」だったかもしれない。

ただ、声の弾《はず》みぐあいからすると、園にとっては大事件だったことがわかった。

園がそう言ったのは、才二郎が江戸に到着した日を第一日とすると、八日目のことである。

相手は問屋のあるじの代理人であった。本人が勝五郎と話したことは一度もなく、毎回ちがう人物を寄こすらしい。大店の主人か大番頭ふうの男が多いが、仲人《なこうど》を趣味のようにしているご隠居婆《いんきょばあ》さんや、いわゆる親分さんと呼ばれる岡っ引、鳶《とび》の棟梁《かしら》などが来たこともあったそうだ。

勝五郎は声を荒らげることなく、やんわりと断っていた。ところが前夜は、たまたま廊下を通り掛かった園が、その遣り取りを聞いてしまったのである。

あとで勝五郎が「すごい剣幕だったぞ」と笑ったが、襖《ふすま》ぎわで「失礼します」と断りはしたものの、まるで喧嘩腰だった。

「申し訳ありませんが、そのお話はお受けできません。金輪際《こんりんざい》人を寄こさぬよう、御主人にお伝えください。よろしいですね。では、失礼します」

言い残し、襖をいくらか強めに閉めて退出したと園は言った。恐らく音を立てて閉めたにちがいない。

才二郎は腹を抱え、肩を上下させながら笑った。かれが大笑いすることなど想像できなかったし、ましてや見たことはなかった。園は驚きのあまり声をあげそうになり、思わず口に手を当てた。

「なにがそんなにおかしいのですか」

相手の笑いがおさまるのを待って、怒っているという顔をしようと思ったが、うまくできなかった。

「失礼します、で始めて、失礼します、で切りあげたのだな」

「そんなにおかしいですか」

「おかしい。だが笑ったのは、そのことではない。さっき言った、あれ」と、一度言葉を切ってから才二郎は続けた。「きっぱりと突っぱねちゃった、というのは、園どのらしくなくて可愛かった」

笑ってから、園は笑顔を引っこめた。

「ちょっと待ってください。わたしらしくなくて可愛かった、ということは、わたしらしいのは可愛くない、となりませんか」

「なるかな」

「なりますよ」

才二郎は首を傾げて考えていたが、あるいは考える振りをしていただけかもしれない。

「なるほど、園どのの言うとおりだ」

「ひどい」

園が両拳で撲《ぶ》つまねをすると、才二郎がその拳を掌に包みこんでしまった。しばらく腕を前後させていた園は、われに返って腕を引っこめようとした。

園がなぜそうしたかを、才二郎も同時に気付いたらしい。顔も体も硬くして動きを止めたところは、まるで木像であった。それからそっと掌を開いた。

引いた両手を胸のまえであわせたので、園は祈っているように見えた。

「すまぬ」

謝った才二郎は顔を朱に染めていた。

「いえ」

言いながらちいさく首を振った園は、色白だけに才二郎よりも赤さが目立った。その肌は輝いていた。

それまで二人は、指切りをしただけで、手を握ったことさえなかったのである。

「謝るだけではすまぬな。言いなおそう、それまでの園どのが見せたことのない、可愛らしさだった」

ゆっくり言ってから、口の中で繰り返し、納得したように才二郎は何度もうなずいた。

才二郎の胸に倒れこみたいという衝動を、園は辛うじて耐えた。そして囁いた。

「ありがとう」

その一言で、もとにもどれたような気がした。才二郎もいつの間にか、普段の顔になっていた。

どちらからともなく、ゆっくりと歩き始めた。胸の動悸《どうき》はいくらか速いようであったが、顔の火照《ほて》りは引いていた。

「義父に謝りました。わたしの身勝手な啖呵《たんか》で、困らせてしまったにちがいありませんから」

ところが勝五郎は、あれでよかったし、謝らなければならないのは、むしろわたしのほうだな、と意外なことを言った。

「波風を立てないようにと、なるべくおだやかにすまそうとしたが、そのため長いあいだ園を苦しめていた。さっきそれがよくわかった。どうか、許しておくれ」

言ったばかりか、軽くだが手を突いて頭をさげたのである。

「園どのがうらやましい。いい御父上をお持ちだ」

「義理の父ですよ」

「それは先生にお聞きしたが、義理であっても父は父だ。わたしには父も母もいない」

「そうでしたの。……ごめんなさい」

「知らなかったのだから、なにも謝ることはない」

「でも、何日もいっしょにいたのに、わたしたち、お互いのことをほとんど知らないんですね」

「人のことはあまり知らないほうがいいかもしれないし、自分のことも知られないほうがいい場合もある」

「知ってくれる人がいるほうが、わたしは幸せだと思いますけど」

「果《は》たしてそう言い切れるだろうか」

そう言って才二郎は口を噤《つぐ》んでしまった。

「わたし、才二郎さんのこと、少しでもいいから、知りたい」

才二郎は視線を落として考えているようであった。

迷っているのだろうと思い、園はしばらく待ったが、才二郎はなにも言おうとはしなかった。堪り兼《か》ねて園は口を開いた。

「今日は才二郎さんが江戸に来て八日目になります。残された日は十日ほど、もしかすると七日、いえ、もっと少ないかもしれません。こうして毎日のように、共にすごしながら、わたしたちはお互いのことをほとんど知らないまま、別れなければならないのですか」

しばらく沈黙が続いた。

「わたしは今の御主人、芦原讃岐さまに拾われた」突然、才二郎は話し始めた。「文字どおり拾われたのだ」

才二郎の父は藩士であった。ところが些細《ささい》なことから、三十歳という若さで禄《ろく》を離れなくてはならなくなったのである。あまりにも真っ正直で曲がったことが嫌いな性格から、上役とぶつかってしまい、いられなくなったらしい。

そこがいかにも父らしいところだが、江戸に出るとか、他郷に移ることなどは考えもしなかった。わかってくれる日がかならず来ると、日雇い仕事などをしながら、耐えていたのである。針仕事で母が支えた。

しかし願いは通じず、「絶対に家を再興してくれ」と言い残し、ほとんど憤死に近い状態で亡くなった。

「気落ちした母は一年ともたず、八歳になったばかりのわたしを残して、死んだ」

父親のこともあったからだろう、引き取ってくれる親戚はなかった。見兼ねて名乗り出たのが、目付の芦原弥一郎である。養子としてではない。すでに跡取りと娘もいた弥一郎は、元服すれば若党にするとの条件で面倒を見てくれたのだ。

生活は大変だったと思うが、藩校「千秋館」にも道場にも通わせてくれた。そして十五歳で元服《げんぷく》した才二郎は、芦原弥一郎の若党となった。

才二郎に剣の才があるのを見抜いたのは、弥一郎の親友の岩倉源太夫であった。藩政の改革に功労のあった弥一郎は中老に昇格し、名を讃岐と改めた。そのおり、若党の才二郎を家士に引きあげてくれたのである。

「御家再興の夢は捨てるなよ」

それが讃岐の言葉で、機会が来ればかならず力になるとの含みがこめられていた。

讃岐の昇格から半年ほどして、岩倉源太夫に道場を開く許可がおりた。才二郎が入門させてもらいたいと願い出ると、讃岐はすでに手続きはすませたと笑った。

「才二郎が岩倉道場の門弟第一号だ」

免許皆伝《めんきよかいでん》となり、師範代として源太夫の片腕となった才二郎は、ほんの一部かもしれないが、讃岐の恩に報《むく》いることができたのである。

「芦原さまは御主人で、父代わりではあっても父ではない。義理であろうと、御父上のいる園どのは恵まれている」

「そうですね。本当に恵まれていると思います」

「わたしは御主人の芦原さまと師匠の岩倉さまを、心から尊敬できることを誇りに思う。お二人とも、相手のことを心から考えてくれるお方だ。岩倉さまは上意討ちで倒した相手の子供が、孤児になったので引き取られた」

「市蔵どのですね」

「そうだった。ご存じだったな」

「何人もの方から聞きました。園瀬の里の人には、なによりの誇りなのですね」

園瀬の里への憧れと才二郎への想いは、園の裡で何層倍にも強くなった。

「園どののことも、もっと知りたい」

「わたしも聞いていただきたいわ」

そう前置きして園は語り始めた。

聞き終えた才二郎は、園の手を両掌で包みこんだ。二人は目を見詰めあったが、言葉にはならなかった。いや、もはや言葉は必要がないという気がした。

六

逢瀬《おうせ》はうれしく、同時に哀しく、そして切なかった。

うれしいのは、短い時間ではあっても、いっしょにいられるからである。哀しいのはやがて別れなくてはならず、そして永《なが》い別れの日が、確実に迫っているからであった。ゆえに、たまらなく切ないのである。

翌日、つまり才二郎の江戸九日目。

園に所用があったので、待ち合わせは八ッ（午後二時）に変更した。往復の時間を考えると遠出はできない。上野のお山を散策することに決め、余裕があれば不忍池のほとりをめぐることにした。

順路など考えず、行きあたりばったりに道を取った。樹木と多くの寺が、別世界を作っている。無数の鳥が啼《な》き交《か》わし、鳥《からす》の悪声がそれに混じった。

あるいはと思ったが、やはり跟けられていた。それも、まさかと思う人物である。なんと、カマキリ男の六谷哲之助であった。

たまたま二人を見掛けたので、樹幹に身を隠してようすを窺っていた可能性も、なきにしもあらずだ。ただし、かれの性格からすれば黙って見すごさずに、声を掛けるにちがいない。とすればやはり、跟けていたということになる。

才二郎が注意を払うのは園と落ちあってからだったので、哲之助にとって中屋敷を出たかれを追うのは簡単だったろう。

しかし哲之助の尾行は、ごく短い時間で終わった。園がどんな女かたしかめるだけ、だったのかもしれない。

吉原行きを断ってから五日目になるので、たしか哲之助は非番のはずである。もっともそうでなければ、尾行などできるわけがなかった。

それにしても不可解だ。ほとんど無神経ともいえる尾行者と、うっかりすれば見逃したかもしれない玄人らしい男、それらと哲之助には、果たして繋がりがあるのだろうか。謎であったし、どことなく不気味でもあった。

もちろん藩邸の長屋にもどっても、才二郎は哲之助を問い詰めたりはしなかった。どうせ居直るのがわかっていたし、とんでもない言いがかりをつけて、逆襲される可能性もある。なによりも、カマキリ男の顔を見るのが鬱陶《うっとう》しかったのだ。

その次の日も、才二郎は園に案内してもらい、夕刻には藩邸の長屋にもどった。ひと休みしていると、「入るぞ」と哲之助の声がして、返辞も待たずに障子戸が開けられた。

「どうだ、少しは江戸に慣れたか。まあ、毎日のように美人に連れ廻されてりゃ、だれだって慣れるがな」

皮肉っぽい言い方をしながら、どかりと胡坐《あぐら》をかいた。

「明晩、酒に付きあえ」

「断る」

「それはかまわんが、後悔しても知らんぞ」

「……？」

「園どののことなのでな」

「言いたいことがあるなら、ここで聞こう」

「ふん、こんなことは、もったいなくて無料《ただ》では喋れねえ。ほんじゃ明晩六ッ、迎えに来てやるから、楽しみにして待ってろ」

哲之助は言い放つと、鼻唄を歌いながら帰って行った。部屋の空気が汚れたような気がして、才二郎は入口の障子戸と小窓を開け放った。

もう少しで見すごすかもしれなかった玄人じみた尾行は、非番の哲之助に吉原に誘われて拒絶した翌日、泉岳寺に行ったときであった。次の非番の日である昨日、哲之助自身による尾行があった。そして今、明日の酒につきあえと言って来たのである。

それらが無関係とは思えない。ろくでもないことを企《たくら》んでいるのは明白であった。卑劣《ひれつ》な策を弄《ろう》するやつめと、怒りが沸々《ふつふつ》と湧《わ》いてきた。

「あんな美人がいりゃ、吉原なんぞで遊ぶ気には、なれんだろうよ」

た。


「話があるなら早くしてくれ」

「まあ、そう急《せ》かすな。素面《しらふ》じゃ言えねえこともある、ってやつよ」

普段は時間を守らないのに、哲之助は六ッの鐘と同時に才二郎の部屋のまえに立っ
それから二人は、ほとんど無言のまま柳橋《やなぎばし》まで歩いたのである。才二郎から話し掛ける気にはならなかったが、哲之助が黙っていたのは、なにかと策を練っていたのかもしれなかった。

平右衛門《へいえもん》町《ちょう》のその料理屋は大川《おおかわ》に面していたので、窓を開けるとひたひたと水音が聞こえた。櫓《ろ》の軋《きし》る音もしたし、障子がほんのりと明るい船が、音もなく滑って行くのも見えた。艫《とも》で船頭が煙草《たばこ》を燻《くゆ》らせているところを見ると、閉め切った障子の内側では、相愛の男女が睦言《むつごと》を交わしているのかもしれなかった。

ところが才二郎の相手は、カマキリ男の哲之助である。どうせ払わせる腹づもりだからだろう、燗酒《かんざけ》を三本たのみ、ころあいを見て二本ずつ持って来いと命じた。

「酒は燗、肴《さかな》は刺身、酌《しゃく》は髱《たぼ》というからな」

そう言ってスズキとタイの刺身をたのみ、ハマグリの藁煮《わらに》、アイナメの山吹《やまぶき》焼き、ヒラメの船場煮《せんばに》、ブリの煎炙《いりやき》などと、矢継ぎ早に註文した。刺身以外は、才二郎が食

べたことはおろか、聞いたこともない料理ばかりであった。

「足《た》らぬは髱だが、そこまで望むは強欲か」

能書《のうがき》を言っているうちに小女が酒を運んで来たが、そのままさがろうとした。

「付きっきりでいてくれとは言わんが、最初の一杯ぐらい、愛想でいいから注いでいったらどうだ」

これでは嫌がられるだろうな、と才二郎は苦笑した。

小女は銚子を持つと、にこりと笑って才二郎に盃《さかずき》を取るよううながし、注ぎ終えるとカマキリ男には無愛想に突き出した。

哲之助が舌打ちすると、もう一度才二郎に微笑んでから、小女は階段を降りて行った。

酒を呷《あお》ると手酌で注ぎ、哲之助は才二郎に目を向けた。

「園瀬一の堅物《かたぶつ》、剣一筋の男だと聞いておったが、おぬし隅に置けんのう。江戸に来るなり、連日の逢引きときた。それも商売女ならともかく、ちゃんとした堅気の女だ。二十三と少々トウが立っているものの、飛びっきりの別嬪《べっぴん》ときてる。江戸へ来たばかりだというのに、どこで知りあって、どんな顔で口説《くど》いたんだ。なあ、教えてくれよ色男」

とても答える気にはなれない。才二郎も呷ったが、哲之助が注ごうとするので、掌を突きつけるようにして断り、自分で注いだ。

不機嫌な顔でそれを見ながら、哲之助はいくらか体を乗り出した。いよいよ本題に入るのだろう。

「湯島の宿屋の娘さんだってぇじゃねえか。ま、中屋敷とはさほど離れてねえとしても、湯島は貧乏《びんぼう》な田舎侍には縁がねえ土地だ。おれさまは、金龍山《きんりゅうざん》浅草寺で声を掛けたのではねえかと、目星をつけてるのだがな」

「いい勘をしている。易者《えきしゃ》になれるぞ」

ふふん、と哲之助は鼻さきで笑った。

「江戸の名所を見ておきたいのですが、どこがいいでしょうと訊くので、教えてやったじゃねえか。来たばかりの日によ」

「言われてみれば、そうだった」

「あんときは教えを請うというので、しおらしく風下《かざしも》に立っておったが、数日で人がこうも変わるものかと驚いたぜ」

皮肉をこめて言うと、哲之助はにやりと笑った。

今度こそ本題だろうと、べつに期待している訳ではないが、いくらか身を乗り出した。厭なことは早くすませたい。

「浅草寺の御本尊は観音さまだ。お詣《まい》りした御利益で、たちまちにして生身の観音さまに巡り逢《お》うたか。それとも弁天さまか、吉祥天女《てんにょ》かもしれんな」

言い廻しがあまりにも哲之助らしすぎるので、才二郎は苦笑せずにはいられなかった。下卑《げび》た男には、下卑た考え方しかできぬらしい。

「目をつけるなり口説きにかかり、しかも女をその気にさせたのだから、天晴《あっぱ》れと言うしかない。おれにも口説きの極意ってやつを、御教示ねがいたいものだな」

「相手の嫌がることを言わぬこと、相手の気持になってやること、相手の……」

今度は哲之助が、掌を突き出して制した。人の嫌がることを平気で言うような男は、それを自分に返されると我慢がならないのである。

「園どのの父親のことは知っておろうな」

「当然だ」

その返辞はやや意外だったらしいが、よかろうとでも言うように哲之助はうなずいた。

「勝五郎は湯島の宿屋吉祥の主人で、息子や娘、何人もの妾に、手広く商売をやらせているが、それは表の顔だ」

そこで言葉を切って、才二郎を注視しながら続けた。

「裏の顔は、湯島の勝五郎で知られたヤクザの親分。園どのは、妾から後妻に納まった女の連れ子だそうだな」

初耳であれば少しは驚いたかもしれないが、園に打ち明けられていたので、才二郎は眉毛の一本も動かさなかった。かれが動揺するのを期待していたらしく、哲之助は意外そうな顔をした。

そこに至って、才二郎にはかなり事情が読めてきた。

今日はかれが江戸に到着してから、十一日目であった。勤めを持った哲之助が、わずかな期間にそれだけのことを探り出せるとは、どうにも考えられない。

かれが哲之助に吉原行きを誘われて断ったのは、江戸に来て四日目であったが、それまでとちがう尾行者に気付いたのは、その翌日である。

才二郎の拒絶に立腹した哲之助は、一度受けておきながら断るにはよほどの理由がある、と睨んだのだろう。そこで人に頼んだか命じたかして、かれの行動を探らせたのだ。それが翌日の尾行だった。

才二郎でさえ見逃すかもしれなかったのは、よほど慣れた者だからだ。もしかすると岡っ引とか、その手下の可能性もある。

園と才二郎が泉岳寺へ行ったのを知った男は、当然だが哲之助に報告する。すると園の周辺を洗えとの命令だ。

では、この船宿に連れて来たのはなぜか。

玄人っぽい尾行者の報告を受け、二日前に自分の目で園を確認した哲之助は、昨夜、いっしょに酒を飲まねばならぬように、話を持って行った。

恐らくそういうことだろう。酒代を払わせた上で、園のことをぶちまけて、才二郎が狼狽《ろうばい》するのを見て楽しもうとの魂胆《はら》だったはずだ。

ところがかれがまるで驚かないので、当てが外れたにちがいない。仏頂面になって、しばらくは飲み喰いに専念していたが、口に食べ物を入れたままで、「当然、同衾《どうきん》しただろうな」とか「味はどうだった」などと、粘《ねば》っこい口調で訊く。横面を張り飛ばしてやろうかと思ったが、なんとか抑えて、才二郎も盃を口に運んだ。まずい酒であった。

しかし、さすがにそれ以上付きあう気にはなれず、そろそろ出ようかと思ったとき、五ツ(午後八時)の鐘が鳴った。するとカマキリ男の哲之助が、突然、立ちあがったのである。

「帰るとするか」そう言ってから続けた。「馳走《ちそう》になったな」

さすがに変だなとは思ったが、これで解放されると思うと、才二郎は内心ほっとした。

七

平右衛門町の料理屋を出ると、柳橋を渡って神田川を越えた。少し遠回りになるので、才二郎が怪訝な顔をすると、六谷哲之助は有無を言わせぬという調子で言った。

「柳原の土手を歩いて、酔いを醒《さ》ましながら帰ろうぜ。そのくらいつきあえよ」

「よかろう」

中屋敷まで我慢すればすむことだと、才二郎はうなずいた。

柳橋を渡って右に折れ、浅草御門をすぎて柳原土手に掛かる手前で、哲之助は用意していた提灯に火を点けた。夜でも見えるようにとの鍛錬《たんれん》を続けてきた才二郎には、出ている半月だけで十分明るかった。

提灯の柄を持った右手を突き出した哲之助は、いかにも屁《へ》っ放《ぴ》り腰という、ぶざまなかっこうである。

「夜の柳は不気味であるな。揺れると、いっそうきみが悪い」

気のせいか声が震えているように感じたので、才二郎はついからかいたくなった。

「幽霊の出る条件はそろった」

「よせよ」

「幽霊は怯《おび》えているやつに取り憑《つ》くそうだ」

ひッと、咽喉の奥で音がした。こんなに臆病《おくびょう》なやつだったのかと、才二郎はあきれてしまった。

浅草御門から筋違御門までの、神田川沿いの土手には柳が植えられ、柳原土手と呼ばれている。土手下が柳原通りだ。

才二郎が柳原土手を歩くのは二度目であった。

浅草奥山で園を助けた翌日、三橋で待ちあわせた二人は、和泉橋を渡ると柳の木の向こうに神田川を見ながら、上流から下流へ、両国に向かって歩いた。天気のよい日の午前中で、隣《さ》りにはいい香りのする園がいた。

今は提灯を提げたカマキリ男の哲之助と、おなじ神田川に沿って、下流から上流へと逆に歩いているのである。

まさに明と暗、天と地のちがいであった。

浅草御門と新《あたら》シ橋の中間くらいで才二郎が立ち止まったので、哲之助は不安そうに提灯を心持ちあげて、かれの顔を窺った。

「灯を消せ。怪我をしたくなかったら、少しさがってろ」

言われたとおりに、哲之助は提灯を縮めて蠟燭《ろうそく》を吹き消したが、震えているために、紙の擦れる音がした。

「東野才二郎だな」

浪人風の男が三人、行く手を塞いでいた。着流しに雪駄《せった》履きで、覆面《ふくめん》はしていない。半月の明りだけでも、才二郎はそれが見て取れた。

「名を知っておるということは、ただの強盗ではないということか」

真ん中の浪人が一歩まえに出た。

「待ちかねたぞ」

「そういうことであったか。これで全部が繋がった」

背後の薄暗闇に潜《ひそ》む哲之助を睨むと、咽喉が笛のような音を立て、ガチガチと歯の鳴る音もした。

左右の股立《ももだ》ちを摘まみあげて袴の紐に挟むと、才二郎は大刀の下緒《さげお》ですばやく襷《たすき》を掛けた。

「手出しは無用だ」と、真ん中の浪人が背後の二人に言った。「おれに任せろ」

浪人と才二郎は、三間の間合いを取って対峙《たいじ》した。

才二郎の心は決まっていた。

——蹴殺《けころ》しを使う。

いつか機会があれば、師である岩倉源太夫の編《あ》み出した秘剣を遣おうと、かれは心に決めていた。そして習得しようと、密かに励んでいたのである。

敵手《あいて》の力を利用して、一瞬にして倒す。蹴殺しをひと言で言えばそうなる。

源太夫が闘鶏を見て閃《ひらめ》き、長い苦労の末に身につけた必殺の技であった。

才二郎は自分の目で、師が蹴殺しで相手を倒すのも見ていた。最初はまったく見えなかったのである。あっと思うと、すでに相手は倒れ、事切れていた。

だが、徹底《てってい》して見ることとの訓練と、源太夫の言葉をもとに考え出された練習法を繰り返すことで、次第に速い動きが見えるようになった。

ある日源太夫は、蹴殺しを遣うのでよく見ておくようにと言明して、才二郎と柏崎数馬を果たし合いに立ち会わせた。そして、一撃で敵手を倒すと、二人をうそヶ淵に連れて行った。

さらにべつの日、蹴殺しで倒すのを見せたあとで、源太夫は秘剣唾棄《だき》すべしと言い放った。

それには深い意味がこめられていた。秘剣が秘剣に留まっていては意味がないが、それをはるかに超えると、もはやそれは秘剣ではない、ということであった。

まるで禅問答だが、才二郎はそれを反芻《はんすう》した。繰り返し噛《か》み砕き、理解しようとしたのである。

そのためには、まず源太夫の蹴殺しを自分のものにしなければならない。

習得できたとの自信はあった。

あとは遣うだけである。

その機会がついにめぐって来たのだ。

才二郎は肩幅に足を開くと、膝をわずかに曲げて、両腕をだらりと垂らした。

それは相手の動きにもっともすばやく対処できるもので、源太夫が最終的に到達した構えの型であった。

繰り返し試して、いかに理に適《かな》っているかがわかった。攻めにも守りにも、極めて自然に動けるのである。特に蹴殺しという瞬時で決まる技には、これほどふさわしい構えはほかに考えられなかった。

相当に暗かったが、闇でも見えるように訓練を積んだ才二郎には、半月の明りだけで十分であった。

長い睨みあいが続いたが、やがて鯉口《こいぐち》を切る音がし、相手がゆっくりと大刀を抜いた。才二郎は微動もしない。

敵の刀があがって上段に構えたとき、才二郎は抜刀するや、腕と刀身を地面と水平に一直線にした。突進するのを見て、相手は振りおろしながら払おうとしたが、才二郎の動きは見せかけで、そのままの体勢で後退したのである。

それを見た相手は飛びあがりながら上段に振りかざし、力任せに振りおろした。だがそれよりも早く、地を蹴った才二郎の刀身が、落下してくる相手の首を切り裂いていた。同時に才二郎は右へとおおきく跳んだため、返り血を浴びずにすんだ。

濡れ手拭いを板に叩きつけたような、バシッという厭な音がした。柄を握った指、さらに腕を通じて上体に伝わった感触は不快で、敵を倒したにもかかわらず、恐怖で鳥肌が立った。

首から血を吹き散らしながら地面に体を叩きつけた相手をみて、全身を震えが走り抜けた。

人を斬り殺すということは、斯《か》くも忌《い》まわしきものなのか。

師匠の岩倉源太夫はどのように感じたのだろう。そして、繰り返すことで慣れるものなのか。いや、むりだろう。自分は毎回、恐怖と不快で震えるにちがいない。

われに返ると、地面には息をせぬ浪人が横たわっている。懐紙を出して刀身を拭うと、浪人の懐に入れた。

隠しとどめと呼ぶと、だれかに教えられた気がする。

機会があれば遣おうと思っていた蹴殺しを、ついに遣い、待ち伏せの相手を倒したが、満足感と言えるようなものはなかった。その技を遣わなくても、勝てた相手だったのかもしれないという気さえした。

師の源太夫には言わずにおこう。いずれは話すことになるかもしれぬが、それまでは黙っていよう。

しかし感慨《かんがい》に耽《ふけ》っている場合ではない。やるべきことはやらねばならぬのだ。才二郎は自分を励まし、気持を切り替えると、呆然《ぼうぜん》としているであろう二人に声を掛けた。

「出て来い。案ずるな、手向かいせねば斬りはせぬ。武士であれば、仲間を見捨てるような卑怯《ひきょう》なまねはせぬだろうな。返辞をしろ。答えぬなら、斬る」

「わ、わかった。痩せても枯れても武士の端くれだ」

二人が木《こ》の下闇から姿を見せたが、その立ち姿だけで、倒した男より腕が劣《おと》るのは明白であった。

「よし、任せた」

そう言ってから才二郎は背後に声を掛けた。

「六谷、行くぞ」

「ま、待ってくれ。提灯を点けてもいいか」

「早くしろ」

石と鋼鉄を打ちあう音がし、火口《ほくち》から付け木に移した火で蠟燭を点けるまでに、少し時間がかかった。やがてほのかに明るくなって、ぼんやりと哲之助の顔が浮かびあがる。

才二郎が歩き始めると、小走りに哲之助が追って来た。

「おおよそのことはわかったが、二、三訊きたいことがある」

「わかった。わかったが土手を降りないか。きみが悪くてならん」

土手を降りた。

新シ橋を渡って神田川を越えると、向柳原《むこう》であった。そのまま北に道を取れば三味線堀に出る。

「吉原行きを誘われた翌日、それまでとちがう男にあとを跟けられた。あれはおまえがたのんだのか」

　哲之助がギョッとなるのがわかった。気付かれていたとは思いもしなかったのだろう。

「ピョン吉だ。たしかにおれがたのんだ。卯左吉《うさきち》という。ウサがウサギの意味なので渾名《あだな》がピョン吉」

　そんなことはどうでもいいだろうと吸鳴りたくなるのを、なんとか呑みこんだ。飲み屋で知りあった若者で、女に貢《みつ》がせた金で博奕場《ばくちば》に入り浸《びた》り、たのまれると岡っ引の手先もやるような男だという。才二郎の勘は外れてはいなかったのである。

「ところがピョン吉も跟けられていた」

「問屋のあるじとやらの手の者だな」

　二人のことや園についいて調べたことを、ピョン吉が哲之助に報《しら》せていたように、尾行者も問屋の主人に報告していたはずだ。

「もう一点。今夜、船宿で飲ませ、五ツの鐘が鳴ったら、わたしを柳原土手に誘《おび》き出したのは」

　大刀の柄を音立てて叩くと、哲之助はやや早口になって喋り始めた。

「ピョン吉が東野どののあとを跟けた、たしかその二日後だったたと思うが、あるじの申し入れを園どのがきっぱりと断った」

園が邪険に撥《は》ねつけたのは、才二郎といっしょになるためだと勘繰り、問屋のあるじは頭に血をのぼらせた。

「邪魔者には消えてもらおう、ということだな」

非番の哲之助が自分の目で、才二郎と園が逢引きしているのを確認したその翌日のことだった。仕事の終わった時刻を見計らって、藩邸に問屋の番頭が訪れ、哲之助を料理屋に誘い出した。

「それ以上は、言わなくてもわかる」

どうせ酒代と、礼金をたっぷりもらったはずだ。それなのに払わせやがって、こすっからい野郎だ、とあきれてしまう。

それはともかく、ようやくのことで全貌《ぜんぼう》がわかったのである。

「わたしは明日、上屋敷に届ける」

哲之助の焦《あせ》るのがわかった。

「届けぬほうがいいのではないか。黙ってりゃ、わかりはしない」

「そうもいかぬ。人を殺《あや》めたのだからな。心配するな。変な動きをせぬかぎり、おまえが不利になるようなことは言わん」

「し、しかし」

「一人で飲んだ帰りに、柳原の土手で辻斬りに襲われたと言っておく。なぜ土手をと訊かれりゃ、酔いを醒ますためだと言えばすむだろう」

中屋敷の門が見えてきたので、二人は立ち止まった。

「わしらがいっしょに出たのを、門番は知っている」

「なら、柳原の料理屋で飲んでいたが、田舎者だとからかわれたので口論し、途中で別れたと言えばすむ」

「とすりゃ、連れ立ってもどるのはまずい」

「では、先に帰れ。わたしはひと廻りしてからにする」

「貴公が先に」

「辻斬りが出没しておるらしいので物騒だから、おまえがさきにもどったほうがいいだろう」

「わ、わかった」

辻斬りの言葉に怯えたのだろう、哲之助はすなおに従った。

「よいな、変なことを考えるなよ。今回のことでは、腹ん中が煮えくり返っておるのだ。これ以上、わたしを怒らせるな」

こくりとうなずくと、哲之助は門に向かった。閉じられているので、門番にたのんで耳門《くぐり》を開けてもらう。

それをたしかめてから、才二郎はその辺をひと廻りすることにした。

八

普段は着流しが多かったが、才二郎はその日は羽織《はおり》袴を着用した。愛宕下の上屋敷に、江戸留守居役の古瀬作左衛門《こせさくざえもん》を訪ねるからだ。

かれはまず、六ッ半（午前七時）に湯島に出向いた。その日も五ッに落ちあうことにしていたので、園が吉祥を出るまえに伝える必要があったからだ。

園はひと目見るなり、異変が生じたことを覚ったようである。

「急用で愛宕下に参らねばならぬ。案内してもらう約束であったが、果たせなくなった。すまぬ。すまぬ」

「すまぬ、だなんて。外には出ずに待っておりますので、かならずお話しくださいね」

「案ずることはない。では」

そう告げると才二郎は踵《きびす》を返し、園の視線を背に感じながら大股で急いだ。

藩士の監督は目付の役目なので、本来はそちらに届けるのが筋であった。

今回は特別な役を負っている。

書面を才二郎に託《たく》しながら讃岐は言った。

「古瀬作左衛門は藩校と日向道場の同期だ。わし、岩倉源太夫、池田盤晴《いけだばんせい》、そして古瀬の四人は、特に仲がよかった」

剣の腕は讃岐と大差なかったが、頭が抜群によく、ともかく知恵者だった。高声《こうせい》は江戸藩邸にまで知られるほどで、跡取りのない江戸留守居役の古瀬家から、ぜひ養子にと請われ、十六の若さで江戸に出たという。

「殿の参勤に従って江戸に行くときは、やつに逢うのが楽しみでな。しかし、ここしばらくは書翰《しょかん》の遣り取りだけになった。よろしくと伝えてくれ」

そのようなことがあったので、才二郎は古瀬に面会を求め、届け出たのである。

園瀬では、重職は四ツ（午前十時）に登城し、仕事を終えて七ツ（午後四時）に下城するのが通例であった。

だが江戸藩邸のことは、かれにはよくわからない。藩主が出府時と国元にあるときでは、まるでちがうだろうとの見当はつくが、どうちがうかまでは判断できなかった。

江戸留守居役は、他藩の御同役との折衝《せっしょう》や連絡、また親睦《しんぼく》を図るのが主な役目である。となると相手次第という部分もあって、時間的な予定が立てられないだろう。予定外の才二郎のために割《さ》ける時間など、ないかもしれない。場合によっては夕刻、いや夜まで待たねばならぬかもしれぬ、との覚悟はしていた。

しかし一刻ほど待たされただけで、古瀬の執務室に呼ばれたのである。

あいさつをすませると、才二郎は直ちに用件に入った。

「昨夜、柳原土手にて、浪人らしき三人組の辻斬りに襲われました。首領と思われる男を斬り殺し、骸《むくろ》は一味の二人に任せました」

古瀬はそれだけ聞くと、すぐに目付を呼びにやらせた。

「案ずるな。東野が目付に届ける席に、わしが同席するというのが、一番自然《じねん》なのでな」

すぐに書役を伴った目付がやって来た。

中老芦原讃岐の家士東野才二郎だと名乗り、讃岐の書面を江戸御留守居役の古瀬さまに届け、返書を受け取るよう命じられて江戸に来たと、用向きを伝えた。

そして、古瀬に話したのとおなじ内容を、少し詳しく述べた。

昨夜、柳橋の料理屋で藩士六谷哲之助と飲酒、些細なことで口論となり別れたこと。柳原土手で風に吹かれて、酔いを醒ましてから中屋敷にもどろうとしたところ、三人組の辻斬りに遭い、……と襲撃事件からは外したが、料理屋の名とともに哲之助の名を出しておいた。町奉行所の同心や岡っ引が探索に乗り出した場合、矛盾《むじゅん》が生じてはならぬからである。

浪人の起こした事件には町奉行所が動くが、旗本、御家人、また藩士らに関しては手が出せない。

かれは賊の首領らしき男が、東野才二郎だなと名指ししたことには触れなかった。そうなると差し向けた者がいることになり、その理由が問われる。室町の問屋のあるじや、かれが言い寄っていた園の名を、出さねばならなくなるからだ。

「相わかった」

聞き終えるなりそう言った古瀬は、目付に目を向けた。

「特に問題はなかろう」

「はッ」と返辞してから目付は少し考え、そして言った。「もし、町奉行所が動いたとしましても、浪人が徒党を組んで一人を襲い、返り討ちに遭ったとすれば、そのように処理すると思われます。死骸を引き取った二人も、訴え出ることはできぬでしょう」

「二人の浪人が、仲間の屍《かばね》を放置して逃げていたらどうなる」

「御旗本や御家人とちがって浪人ですから、型どおりの調べはするでしょうが、状況を記録するだけですませるはずです。証拠になるような品、たとえば印籠《いんろう》、手拭い、紙入れ、履物の片方などを残していれば、もう少し詳しく調べるかもしれませんが」

そう言って、目付は才二郎を見た。「紛失したものはないだろうな」

「ありません」

「では、問題はないと」

「ご苦労」

古瀬は目顔で、目付と書役をさがらせた。

「そういうことだ。表沙汰《おもてざた》になる恐れはないので案ずるな。なんぞあっても、町方には普段から付け届けをしてある。多少のむりは利く」

「ご多忙にもかかわらずお時間をいただき、ありがとうございました」

一礼して去ろうとすると、古瀬が引き止めた。

「用は片付けたのでな、多少の間は取れぬこともない」

才二郎は改めて坐りなおした。

讃岐が知恵者だと評したとおり、古瀬はおだやかではあるが、すべてを見抜くような鋭い目をしていた。武士というよりは、俳諧《はいかい》の宗匠《そうしょう》といった雰囲気の持ち主であった。

「ほんとうのところを話してもらいたいのだがな。いや、むりにとは言わん」

「と申されますと」

「作り話とまでは言わぬが、話にいささか瑕瑾《かきん》が見られたのでな」

「瑕瑾、ですか」

「さよう。美玉《びぎょく》についたわずかなキズだ」

「わたしの話したことに、おかしなところがございましたか」

留守居役は温厚な笑顔を才二郎に向けた。

「柳原土手で風に吹かれて、酔いを醒ましてから中屋敷にもどろうとしたところ、三人組の辻斬りに遭い、と言ったな」

「申しました」

「前半はよいが後半に、矛盾とまでは言わぬが、少し疑問が湧いた」

讃岐の言った、知恵者との言葉が思い出された。才二郎は細心の注意を払い、片言《へんげん》隻句《せきく》も聞き洩らすまいとした。

「柳原の土手で、三人組の辻斬りに遭った、のだな」

「はい」

「三人組は待ち伏せていたのか」

「恐らく」

「土手の上でな」

眼光が鋭くなったような気がして、答える代わりに才二郎はうなずいた。

「辻斬りの目的はなんであるか」

「金品の強奪、でなければ試し斬り、だと考えられます」

「普通は楽なほうを選ぶ。身に危険が及ぶようなことは避けるはずだ」

「……？」

「懐に大金を入れた武士は稀《まれ》であろう。金品を奪うなら商家のあるじ、あるいは番頭、集金帰りの手代などのほうがたしかだ」と、そこで間を取ってから、古瀬はおもむろに続けた。「柳原土手を歩いたことがある。昼間は実に気持がよい。神田川の水面《みなも》を滑るように動く船、風を受けて揺れる柳の枝、実に風情がある。だが、夜は歩く気にはなれんな」

古瀬の言うことはよくわかった。

用心深い商人が、夜、危険の多い柳原土手を歩くことは考えにくい。なにかあっても逃げられないし、助けを求めてもだれも駆けつけてはくれない。であれば、土手下の柳原通りを選ぶだろう。

金を持った商人をねらう辻斬りが、可能性のほとんどない柳原土手で、待ち伏せをするだろうか、と言いたいのである。試し斬りをするとしても、やはりおなじである。

賊が三人だったということは、通るかどうかわからぬカモを、待っていたとは考えられない。つまり、待ち伏せしていたということになる。

「だれを、については言うまでもない。東野才二郎以外に考えられぬではないか」

そこまで読まれているとすれば、兜《かぶと》を脱ぐしかなかった。才二郎は覚悟を決め、ありのままを話した。

ほとんど表情を変えずに聞いていた古瀬は、才二郎が話し終えるなり言った。

「正直に打ち明けてくれてうれしく思う。讃岐は思慮深い男だと評していたが、あいつも見るところはちゃんと見ておるな。目付への報告は非の打ちどころがない」

そこで古瀬は言葉を切り、愉快そうに笑いを浮かべた。

「それにしても驚きだ。やつの書翰には、謹厳実直で、浮いた噂などまるで縁がない、石橋で転《こ》けたら、石が悲鳴をあげるにちがいないほどの、堅物だと書いてあった」

いい娘がいたらぜひ嫁に考えてもらいたい、芦原にそう頼まれたので、二、三人の候補を考えておいたのだが、その必要はないようだな、と古瀬は苦笑した。

「女のために命をねらわれるほどの、色男であったとは、いやはや」

「ご勘弁ねがいます。二年まえに岩倉さまを訪ねて参られたときにも、園どのとは口さえ利いておりません。たまたま奥山でならず者に絡まれておりましたので、当然のこととして助けただけです」

「だが、毎日のように連れ立って歩いておるのであろう」

「名所を案内してもらっております」

「そのために、恋敵《こいがたき》の頼んだ浪人に命をねらわれた。となると、たいした色男ではないか」

「芦原さまは古瀬さまを、稀に見る知恵者だと申されておりました。いたずら好きで、若い者をからかうのがご趣味だとは」

「許せ。そのようにムキになると、ついからかいたくなるのだ」と笑ってから、古瀬は真顔になった。「で、いかが致《いた》すつもりだ」

「出歩かぬようにと伝えてあります」

「このあとはどうする」

「屋敷にもどりまして、よく考えたいと」

「商人が浪人を雇って待ち伏せさせ、失敗したとなると、考えられることはふた通りとなる。諦めるか、さらに腕の立つ刺客を雇う、あるいは多人数でおぬしを襲わせる。そのどちらかだ。園どのと義理の父親に、害が及ばぬかどうかも問題である」

「それをもっとも憂慮《ゆうりよ》しております」

「男として、園どのを守ってやらねばならんぞ」

「はい」

「方法はある。というかそれしかない」

「……？」

「常に傍にいて守ってやることだ。……わからんか、妻にすればよいのだよ」

「それができれば苦労はいたしません」

「ということは、考えたことはあるのだな」

「お互いの事情でどうにもならないのです」

「なんだ、本気ではないのか」

「そんなことはありません。わたしは真剣です」

「死ぬ気になれば、できぬことはない」

「……!」

「頭を冷やしてよく考えることだ。相談には乗るぞ」

そう言って、江戸留守居役古瀬作左衛門は机上の書類を引き寄せた。退出の時間ということだ。

才二郎は深々と頭をさげて、古瀬の執務室を辞した。

九

柳原土手での一件があった夜は当然として、上屋敷に届け出た夜も、才二郎は夢にうなされ、びっしょりと汗を掻いた。

浪人を斬ったときの、あのなんとも厭な感触、そして濡れ手拭いを叩きつけたような音を、繰り返し夢に見、夢の中で聞いた。いや、眠っているときだけではなかった。なにかをしていても、海の波のように反復して押し寄せるのである。

厭な思いは強く残ったが、恐怖感はなかった。

自分が襲撃されることに関しては、たいていの敵であれば討ち倒せると思う。

浪人を倒したことが、おおきな自信となっていた。

斬り倒した直後には、自分が強いというよりも、相手が弱かったからかもしれないという気がしてならなかった。

だが、あの斬撃はあまりにも強烈であったので、なにからなにまであざやかに記憶していた。

そして繰り返し思い起こしたこともあって、細部までも鮮明に蘇《よみがえ》らせることができた。

才二郎には、相手の動きがひどく緩慢《かんまん》に見えたのである。自分の動きを一とすると、浪人のそれは一倍半から二倍もゆっくりとして見えた。これでは負ける訳がない。

飛び道具や多人数では敵《かな》わないだろうが、一対一、いや相手が数人いても負けないという気がした。

問題は園であった。

自分が傍にいれば襲われるようなことはないだろうし、もし襲撃されたとしても対処できる。

気懸かりなのは一人のときだ。歩いていて何人もの男に駕籠に押しこめられると、武術の心得があるとしても容易には逃れられないだろう。また、才二郎が大怪我をして医者に運びこまれたなどと言われれば、動揺のあまり、相手を疑うことなく駕籠に乗ってしまうかもしれない。

常に傍にいて守ってやるしかないのだ。

古瀬の言ったとおりである。

わかりすぎるほどわかっていたが、才二郎には躊躇《ためら》いがあった。好意を抱いてくれていることは確かだと思うが、いざいっしょになるとなれば話はべつだ。

義理の娘ではあっても、園は勝五郎に大切にされていた。それは着物や髪型からも窺うことができる。値打ちのよくわからない才二郎ではあっても、園の挿した簪が高価なものらしいというくらいはわかった。

華やかな江戸で贅沢《ぜいたく》に育った園に較《くら》べ、自分は草深い田舎の小藩の、武士とはいえ陪臣でしかない。ほとんど足軽と変わらぬ身分であり、わずかな手当てしか得られないのである。

果たして園が、そんな生活に我慢できるだろうか。江戸に較べ園瀬の日々は単調極まりないはずだ。その上、身寄りと離れて暮らさなければならないのである。

さらに言えば、身を守るためとはいえ、自分は人を殺してしまった人間だ。

考えれば考えるほど気が滅入り、妻になってくれと打ち明ける踏ん切りが、どうしてもつかないのである。

しかし、園の身を危険に曝《さら》すことは耐えられない。

悶々としたまま、いつもの時間にいつもの場所で、才二郎は園と待ちあわせた。

「よく眠れなかったようですね」

園に、さきに言われてしまった。

前日、上屋敷を出た才二郎はその足で吉祥に向かった。柳原土手での出来事を、六谷哲之助の名などは出さず、目付に話した程度の簡潔さで伝えた。そして、用があるとの理由で別れたのである。

あとで、随分と残酷なことをしたと後悔した。才二郎が三人の浪人に襲われたと知った園は、おそらくまんじりともできなかったはずだ。

「園どのも眠れなかったであろう」

「いいえ、と言いたいですけど、眠れませんでした」

「すまぬ」

「わたしこそ、なにもしてあげられなくて、ごめんなさい」

ややあって、才二郎が言った。

「日数が少なくなってきた」

「才二郎さんが江戸にいらして、十三日目になりましたね」

「今日は、どこへ連れて行ってもらえるのかな」

言い方がおかしかったので、くすりと笑ってから、園はすぐ真顔になった。

「向島の三囲《みめぐり》のお稲荷さん」

「静かなところであればいいが」

「はい、静かに話しあえるところなので決めました」

そう言って立ち止まると、園は才二郎を見て笑みを浮かべた。しかしすぐにその顔は強張り、それを押しのけるように微笑が拡がった、と思う間もなく硬くなった。期待と不安が激しく交錯《こうさく》しているらしいのがわかり、もしや、と才二郎は意を決して言った。

「聞いてもらいたいことがある」

「はい」

頰にぽっと朱が射した。

二人は無言のまま歩いた。神社に着くまで黙っているべきだと、暗黙のうちに了解していたのかもしれない。

浅草山谷堀《さんやぼり》から出る竹屋《たけや》の渡しは、三囲稲荷社に近い墨堤《ぼくてい》に着く。

あとを跟ける者はいなかった。二人が渡し舟に乗ったために、諦めたのではない。園と落ちあって渡し場に来るまでの道でも、まるで気配はなかったのである。

ピョン吉、つまり岡っ引の手先の卯左吉だからかとも思ったが、そうではなかった。

三人組の一人を斬ったことは、当然だが問屋のあるじの耳に達しているはずだ。跟ける者がいないのは、才二郎が予想よりはるかに強かったことに驚き、策を練りなおしているのかもしれなかった。

あるいは諦めたのだろうか。であればいいが、これまでの執拗さからして、その線は考えにくい。

三囲神社は渡し場のすぐ目の前にあった。

まずはお詣《まい》りである。

才二郎はすぐ終わったが、園は長いあいだ手をあわせていた。

二人は茶店で休むことにした。

「随分と長いねがいごとだったな」

「はい。いっぱいおねがいしました。才二郎さんは短かったですね」

「ねがうことは一つだから」

「……！」

二人は黙ったまま見詰めあっていた。才二郎の唇がひくひくと動いたが、声にはならない。かなりの間があって、かすれたような声で言った。

「園どの、わたしの妻となって、いっしょに園瀬へ行ってはくれぬか」

才二郎の目をじっと見詰めたが、園は黙ったままだった。

「やはり、だめであろうな」

「いえ」と、園はか細い声で言った。「いつ言っていただけるかと、ずっとお待ちしておりました」

「そうか、ありがとう。ありがとう、園どの」

「ありがとうと言いたいのはわたしです。でも、気持はおわかりだったはずなのに、なぜこんなにも」

「遅くなったのは、迷い続けていたからだ。苦労させるに決まっている。大切なひとに、辛い思いをさせるのがわかっているのに、いっしょになってくれと言っていいものかどうか」

「わたしをそれだけの女としか、見ていただけなかったのですね」

瞳に涙が浮かび、盛りあがると糸を引いて落ち、あとは止めどもなく流れ続けた。うろたえたのは才二郎である。ただおろおろするばかりで、泣きながら見る園の瞳の奥が輝いているのには、気付きもしなかった。

園は困ってしまった。ちょっと拗《す》ねたまねをしてみたら、思いもかけず涙が出てしまったのである。それを本気にするなんて、なんと初心《うぶ》な人なんだろう。この人が本当に前夜、柳原土手で浪人を斬り殺したのだろうか。

才二郎はどうしていいかわからず、ただ狼狽しているのだ。そしてようやく言った。

「泣かないでくれ。謝るから、哀しまないでくれ」

「哀しいのではありません。うれしくて、うれしくて、たまらないのです」

園の言葉に才二郎は、ただ、きょとんとしているのである。そしてつぶやいた。

「ああ、よかった。女に泣かれると、どうしていいかわからない」

「才二郎さん。女を泣かせたことがあるのですか」

「ある」

不意討ちに園は顔を強張らせた。

「ただ一人だが、わたしのために泣いた女がいる。たしかに、いる」

「どんなお方かしら」

　思わず知らず口調も硬くなっていた。

「母だ」

　一瞬の間を置いて吹き出し、園は両手を拳にして才二郎の胸を叩いた。その拳を才二郎は両掌で包みこんだ。だが、離そうとはしなかった。

　園といっしょに笑っていた才二郎の顔から、次第に笑みが消え、いつの間にか真剣そのものになっていた。

「どうなさったの」

「園どのには、いいと言ってもらえたが」

「義父《ちち》ですね」

「わかってもらえるだろうか」

「才二郎さんは剣がたいへんお強いのに、どうしてそう弱気になるのでしょう」

「剣とこれとは話がべつだ」

「義父は湯島の勝五郎として知られた侠客です。侠客の侠は、侠気《おとこぎ》のことですよ。才二郎さんの気持がわからぬようなら、それが受け止めてもらえぬようなら、わたしにも覚悟があります」

「覚悟」

「たいへんお世話になり、ご恩も感じております。でもいかに世話になったお人であろうと、反対をされたら、わたしは縁を切らせてもらいます」

「わかった。ところで柳原土手でのことは、勝五郎どのに話したのか」

「はい。お聞きしたことを、そっくりそのまま」

才二郎の瞳に、強靭《きょうじん》な光が宿るのがわかった。

「では、参ろう」


都合のいいことに、勝五郎は外に出てはいなかった。すぐに部屋に通され、二人は勝五郎のまえに並んで正座した。

「園どのを、ぜひとも妻にいただきたいのです」

あいさつをすませるなり、才二郎は単刀直入に本題を切り出した。

勝五郎はなにも言わず、腕組みをすると目を閉じてしまった。承諾か拒否か、二つに一つだと思っていた才二郎にとって、無言の反応は予想外だったので、ちらりと園を見た。

園はなにも言わなかったが、男でしょ、と目が励ましている。

「思いもかけず浅草奥山で再会し、その後、毎日のように江戸を案内してもらいました。そして話しあううちに、わたしの妻になる人は、園どのしかいないとはっきりわかったのです」

それでも勝五郎は、腕を組み、目を閉じたままで、わずかな変化も見せなかった。

「園どのからお聞きでしょうが、実はわたしは昨夜、おなじ藩の者と柳橋で飲み、帰路の柳原土手で、三人の浪人に待ち伏せされました」

才二郎は目付が辞去したあとで、古瀬の問いに答えたのとほぼおなじ内容を、物言わぬ勝五郎に話した。話し終えても、相手は目を閉じたままである。

かれは静かに続けた。

問屋のあるじはこれまでのおこないからしても、相当に執念深い男だと思われる。自分はほどなく園瀬にもどらねばならぬが、去ったあとでなにかと園を困らせ、あるいは危害を加えるかもしれない。その原因ともなった自分には、命を懸けて園を守らねばならぬ責務がある。

唐突な願いで申し訳ないが、なんとかお許しをいただきたい。そう言って才二郎は深々と頭をさげた。

頭をあげたとき、勝五郎は目を見開いて才二郎を凝視《ぎょうし》していた。かれも視線をはずさなかった。なんとしても許しをもらわねばならないのだ。園と勝五郎を喧嘩別れさせるようなことは、断じてあってはならない。いや、勝五郎たちに祝福されて、園を園瀬に伴《ともな》いたいのである。

「命を懸けて園を守るとの言葉に、偽《いつわ》りはございますまいな」

「はい」

「園」

「はい、義父《おとう》さま」

「才二郎どのに添い遂《と》げる覚悟は、できておるのか」

「はい。できております」

その言葉を聞くなり、勝五郎は柔和《にゅうわ》な顔になった。膝をわずかにずらして才二郎に正対すると、改めて顔を引き締め、両手を突いて深々と頭をさげた。

「不束《ふつつか》な娘ではありますが、末永くお願い申しあげる」

頭をあげたときには、おだやかな顔にもどっていた。

「奥山で助けていただいた日に、園が才二郎どのをお連れしましたが、わたしは内心で快哉《かいさい》を叫んでいたのです。園がやっと自分にふさわしい男を見付けた、と」

「まあ、義父さま」

「わたしは二人のあいだで、気を揉んでおりましてな。園が惚《ほ》れておるのに、才二郎どのはなぜ気付いてくれぬのだ。なんという鈍《にぶ》い、あ、失礼」

「いえ、事実ですから」

「では正直に言わせてもらいますが、なんたる鈍感《どんかん》な御仁《ごじん》だと、あきれておりました。ところが、一向に気付く気配が感じられないので、鈍いのではない、その振りをしているだけだと思いまして」

「振り、ですか」

と才二郎と園が同時に言った。

「国元に言い交わした女性《ひと》がいるにちがいない、と」

「であればよろしいのですが」

「あら」

園が横目で軽く睨んだ。それを見ながら、勝五郎が言った。

「園の実の父は御旗本とのことですが、今は宿屋の娘。ところが才二郎どのは歴《れっき》とした御武家です。それでも問題なく添えられますか」

「いろいろと手続きは必要ですが、なんとかなるはずです。いえ、なんとしても認めてもらいます。その件で、わたしはこれから藩の上屋敷に、報告と相談に行くつもりです」

「あわただしいことですな」

まさに、勝五郎の言葉どおりのあわただしさとなった。

才二郎は中屋敷にもどって羽織袴に着替えると、すぐに長屋を出た。

時刻は八ツ。古瀬の執務時間に間にあうかどうか、微妙なところであった。もっとも上屋敷には、江戸留守居役のための屋敷が建てられているので、執務室にいなければそちらに廻ればよい。

面会を求めるとすぐに通されたが、古瀬はどうやら、才二郎が来ることを予測していたようであった。

園を娶《めと》ることにしたと報告すると、古瀬は才二郎が為すべきことと、さまざまな手続きについて教えた。また、相談にも快《こころよ》く応じてくれたのである。

「讃岐がさぞや喜ぶであろう。報せずに、不意に嫁さんを連れて帰って、驚かせてやるがよい。きゃつの顔が浮かぶようだ」

そう言って、江戸留守居役はひとしきり笑った。

「古瀬さまはやはり、いたずら好きで、人をからかうのがご趣味なのですね」

さすがに言いすぎたと冷汗をかいたが、古瀬はにやりと笑った。

「この件に関しては、やつには内緒だぞ」そう言ってから、古瀬は留守居役の顔にもどった。「讃岐への返書は明日の午前中に仕上げておくので、昼以降に取りに来ればよい。中屋敷には、一応二十日間は留まれるようにしてあるが、いつ引き払ってもかまわん」

やはり、どうなるかを読まれていたとしか思えぬ、手際《てぎわ》の良さであった。

礼を述《の》べて屋敷を辞し、その足で湯島の吉祥へ向かったが、さすがの才二郎もいささか疲れていた。

夕刻に着くと、食事が用意され、銚子が何本か添えられていた。

「まず召しあがってください。お話はそれから」

言われたままに馳走になった。勝五郎は齢のせいで飯が入らなくなったと、料理にだけ箸《はし》を伸ばし、あとは酒を飲んだ。

食べ終わるのを待って、才二郎は二人に報告した。

「中老への書面は、明日の昼までに用意できるとのことですので、受け取って参ります。ただ、そうしますと、わたしは園瀬にもどらねばなりません」

「そんな」と絶句し、しばらくしてから園は言った。「いくらなんでも急すぎます」

「江戸御留守居役は、中屋敷には一応二十日間は留まれるようにしておくと、言ってくれました。本日が十三日目ですから、あと七日は留まれます」

「役目はそんなものではありませんな」暦《こよみ》をめくりながら勝五郎が言った。「中老への返書は、なるべく早く届けねばなりません」

「わかっております」

なおも暦を見ていた勝五郎が、日にちはいいようだと呟いた。

「明日の昼、書面を取りに上御屋敷に行かれる訳ですな。そういうことでしたら、一度、中御屋敷におもどりになり、そちらを引き払ってください。全部の荷物を持ち、暮六ッにこちらへおいでいただけばよろしい。準備は整えておきましょう」

「義父さま」

「善は急げという。明後日、日本橋を七ッ（午前四時）に発《た》つがよい」

「だって、しなければならないことが」

「心配するな。用意のことはわたしにまかせなさい」

勝五郎が自信たっぷりに胸を叩いたので、才二郎と園は思わず顔を見あわせた。

才二郎は江戸に来てからもほとんど毎朝、七ツ半（五時）ごろに道場に出て一刻（約二時間）ほど素振りをし、居合の型を練磨《れんま》した。そして絞《しぼ》った手拭いで体を拭き清め、食事をすませると、下谷広小路と上野の山を区切る三橋で、園と落ちあうのである。

十

早朝に素振りをしていた柴田秀蔵も、欠《か》かさず汗を流していた。園との待ちあわせが午後の日、秀蔵に稽古をつけたことがあるが、その間、だれ一人として道場に姿を見せなかった。

「いつもこうなのか」

稽古のあとで訊くと、次のような答が返ってきた。

「わたしは、仕事のまえにひと汗流すことにしていますので、朝の遅い時刻とか午後のことはわかりません」

言外に、強い不満が籠められているのがわかった。

「どうやら、ほとんどいないようだな」

「どなたも、御趣味に熱心ですので」

「趣味とは」

「義太夫《ぎだゆう》、長唄、三味線、俳諧に川柳《せんりゅう》、狂歌、囲碁《いご》、将棋《しょうぎ》など、多様でございます」

「道場に出る暇など、ないということか」

「趣味を持って悪いとは申しませんが、武士が武芸を疎《おろそ》かにしてよいものでしょうか」

「よい訳はないが、人それぞれで考えもちがうからな」

「岩倉道場の稽古、そして源太夫さまは、ずいぶん厳しいとお聞きしております。どのようなお考えで、指導されているのでしょう」

「意味のない争いをなくすためには強くあらねばならぬ、との信念を持って教えておられる」

秀蔵は黙ってしまった。そのような言われ方をして、理解できる訳がないのだ。才二郎にしても、源太夫の真意を自分なりに解釈して、わかったと思っているにすぎないのかも知れないのである。

「頭抜《ずぬ》けた強さに達すれば、闘いを挑まれることもない。さすれば無益な殺生《せっしょう》をせずにすむし、人を傷つけることもないはずだ、ということらしいのだが」

やはり、わからないらしい。少し間があった。

「軍鶏の闘いを見て、秘剣の蹴殺しを編み出されたそうですね」

「秘剣に惑わされるな、とも、秘剣恐るべからず、とも教えられた。極め付けは、秘剣唾棄《だき》すべし」

煙《けむ》に巻くつもりはなかったが、結果としてそうなってしまったようだ。相手は呆然としている。

「秘剣をはるかに超えると、秘剣は秘剣でなくなる。さすれば秘剣そのものが意味をなさない、ということらしい」

「まったくわかりません」

「わかるわけがない」

「……！」

「傍にいて、教えを受けていてさえ、よくはわからんのだからな」

強張っていた秀蔵の顔がやわらかくなったのは、馬鹿にされた訳ではないとわかったからだろう。

「うらやましいです。わたしは岩倉道場で学びたい。ああ、岩倉さまの教えを受けられたらなあ」

秀蔵の口調が急に幼くなったので、顔を見るとまるで少年のようであった。いや、だからこそ言葉が真実味を帯《お》びて、感じられたのかもしれない。

だが才二郎は、まったくべつの感慨に耽っていた。

園から、園瀬の里と、そこに住む人々に対する憧れを聞いたばかりであった。そして今度は若い藩士から、岩倉道場と源太夫への熱い思いを聞いたのである。

もしかすると芦原讃岐がかれを江戸に遣わしたのは、書類を届けて返書を受け取るというだけではなかったのかもしれない。

ふと、そんな気がした。

一度藩から出て、外から自分の住む所、生きている場というものを見直して来い。外の世界の人が、どのように園瀬を見、考えているかを知ることが重要だ。延《ひ》いては、自分自身を見直すことになるとの、親心だったのではないだろうか。

むしろ、そのこと自体がねらいで、用はそのための方便だったのかもしれない。

「昼間は出ていることが多いが、夜はたいてい長屋にいる。暗くても声をかけてみろ。岩倉道場と師匠について、知っている限りのことは話そう」

「本当ですか。ありがとうございます」

秀蔵は顔を輝かせ、何度も礼を言った。

それからは、時間があると二人は暗い部屋に並んで大の字になり、天井を見あげて語りあった。蠟燭や灯油がもったいないので、書を読むとか手紙を書くとき以外、禄の少ない連中は灯《あか》りを灯《とも》さない。

その秀蔵とも別れるときが近付いていた。

あわただしく江戸を歩き廻った翌朝、才二郎が目覚めると、すでに障子は明るかった。六ッ半（七時）である。

寝すごしたのもむりはない。

前日は中屋敷から下谷広小路に行き、山谷堀まで移動して、渡し舟で向島の三囲稲荷社に詣でた。続いて湯島で勝五郎に談判し、中屋敷にもどって着替え、上屋敷へ行って古瀬に会った。さらに湯島で園と勝五郎の親子に報告し、中屋敷に帰ったのである。

若いとはいえ、よくぞ動き廻れたものだ。思い返しただけでもくたびれてしまう。

しかし寝坊しても問題はなかった。その日は、九ッ（正午）に上屋敷に出向いて、書類をもらうだけでいい。それまで寝ていても問題ないが、体がうんとは言わなかった。

四ツ（十時）に出れば間にあうので、朝食をすませると才二郎は道場に出た。だれもいないと思ったら、柴田秀蔵が一人で稽古に励んでいる。五ツ（八時）まえなので、普段ならすでに終えている時刻だ。

「熱心だな」

「今日は非番です」と言ってから続けた。「もしかしたら、東野さまと会えるかもしれないと思いまして」

「うれしいことを言ってくれるではないか。しかし」

才二郎の口調だけで、相手はなにかを感じたらしい。

「園瀬におもどりになられるのですか」

「ああ、せっかく親しくなれたのに、今日で別れだ」

江戸に来るまえの自分なら、若い相手とこのような遣り取りはしないだろうな、と才二郎は思った。この若侍と知りあって、自分の心は随分と柔軟《じゅうなん》になったという気がする。

秀蔵は目に見えるほど落胆した。

「昼に上屋敷に行き、夕刻にはここを引き払う。園瀬に行くことがあったら、岩倉道場、いや、軍鶏道場のほうがとおりがいい。そこにいなけりゃ、中老芦原讃岐さまの御屋敷を訪ねてくれ」

四半刻（三十分）ほど汗を流したいと断って、才二郎は居合の型を繰り返した。終えると井戸端で汗を拭って、絞った手拭いで念入りに体を拭き清めた。

着替えて道場を覗くと秀蔵がいたので、部屋で話さないかと誘った。

「わたしは、ちゃらちゃらした連中が、おなじ侍として我慢なりません」

連中とは、義太夫、長唄、三味線、俳諧に川柳、狂歌、囲碁、将棋などにうつつを吐《ぬ》かす者たちのことだろう。若者らしい嫌悪感の現れで、才二郎にしてもわからぬことはない。青いなあと思うが、自分もそうであっただけに、よくわかるのである。

「かといって、自分がなにをすべきかもわからないのです。取り敢えず素振りと型だけはやっていますが、そんなありさまですから、身についていないと思います」

「おだてる訳ではないが、それがわかっているだけでもたいしたものだ」相手が真剣な目で見詰めているので、しかたなく才二郎は続けた。「人はその年齢で励まねばならんことがある。剣も、学問も、色恋もな」

「色恋！」

「その年齢でやっておくべきことを、あとになってやろうとすると、二倍も三倍もの、ときと力を注がねば習得できぬ」

心に刻みこんでいるのだろう、それとも感ずるところがあったのか、目の輝きがぐんと強くなった。

「東野才二郎は、……ははは、自分のことを言うのは照れ臭いが、きゃつは、こと剣に関しては死《し》に物狂《ものぐる》いで励んだ。年齢にふさわしくと言っていいと思うが、励んだおかげで剣だけは人並みになれた。だが、あとはさっぱりだ」

いくらか冗談めかしてそう言ったが、特に色恋はな、との言葉は呑んだ。秀蔵相手では、それまで言ったことをすべて、否定して取られると思ったからである。

「わたしはなにをすべきかが、わからないのです。打ちこむべきものが見えないのです」

「甘えてはいけない」

「えッ」

「だれもが血の出る思いで、それを探し求めているのだ」

困惑の色が相手の顔中に満ちた。

「わたしが剣の道に進んだのは、それが一番おもしろかったからだ。自分にとっておもしろいもの、興味を惹《ひ》くもの、関心のあるもの、それがやるべきことかもしれん。少なくとも、わたしの場合はそうであった」

才二郎の言った内容を反芻《はんすう》しているらしかったが、秀蔵はかすかな笑いを浮かべ、きっぱりと言った。

「ありがとうございました」

「いつか会えることもあるだろう」

「道中、お気をつけください。では、失礼します」

一礼して若侍は部屋を出た。

園を娶ることは、言いそびれてしまった。

上屋敷に出向いた才二郎は、江戸留守居役古瀬作左衛門から園瀬の中老芦原讃岐宛の、分厚い包みを受け取った。

書類は厚手の紙で厳重に包装された上から、さらに油紙で包まれ、麻紐で十字に縛られていた。江戸の重職から国元の重職への重要書類であることが、ひしひしと伝わってくる。

道中手形と、才二郎がたのんでおいた書類も手渡された。

「わたしがなってやりたかったのだが、なにかと障りが生じることもあるらしいのでな」

とのことである。そのために、古瀬の用人の名にしたと言われた。本来なら一介の陪臣にすぎぬ才二郎が、江戸留守居役に話したり、ましてやねがいごとをするなどは、考えることもできない。あるじの讃岐と古瀬が親友なればこそである。

それだけではない。古瀬は才二郎に祝い金と餞別までくれたのである。さらには讃岐への土産品を託されたのであった。

丁重に礼を述べた才二郎は、力を貸してくれた古瀬の用人にも礼を言った。続いてかれは、柳原土手の件で届けた目付にもあいさつした。あの件はその後、特に問題になっていないとのことなので、まずは安堵《あんど》した。

下谷三味線堀の中屋敷にもどった才二郎は、掃除して、すべてが元どおりになっているのを確認し、さほど多くない荷物をまとめた。

七ツをかなりすぎた時刻で、長屋を覗くと仕事を終えた六谷哲之助が、羽織と袴を脱いで普段着に着替えているところであった。

「園瀬にもどることになってな。なにかと世話になった」

「あ、いやいや」

狼狽気味に口籠ってから、哲之助は文箱から紙包みを取り出すと、才二郎に手渡した。

「おまえから、餞別をもらう訳にはいかん」

いくらか皮肉っぽく言うと、哲之助は決まり悪そうな顔になった。

「ではないのだ。柳橋で飲み喰いの代を払わせたので、ずっと気になっておってな」

「そういうことであれば、もらっておこう」

「で、いつ発つのだ」

「このあとすぐ引き払う。何人かにあいさつし、手続きがすめば出るつもりだ。上屋敷へのあいさつはすませてある。出立《しゅったつ》は明朝七ツなので、見送りは無用だ。ここで別れさせてもらう。さらばだ」

「道中気をつけてな」

「おっといけない。言い忘れるところであった」と、才二郎は哲之助を振り返った。

「妻を娶ったぞ」

「そいつはまた急な話だが、ともかくおめでとうと言わせてくれ」

「おぬしも知っておる女性《にょしょう》だ」

「すると」

「ああ、園どのだ」

「そうか。なにはともあれ祝着至極《しゅうちゃくしごく》」

口惜《くや》しさのあまり歪《ゆが》んだ笑顔が、むりに言ったのを如実《にょじつ》に示していた。

「おかげであれこれと学ばせてもらった。感謝の言葉もない」

哲之助の目に見入ったままでそう言った。人を亡《な》き者にしようとの企みなんぞに加担すれば、どんな思いを味わわねばならぬかを、思い知らせてやったのである。次は絶対に許さないからなとの強い意思を、才二郎は籠めておいた。

柳原土手での待ち伏せ事件を境に、二人の力関係が完全に逆転したことを、哲之助は胆に銘じたことだろう。

十一

才二郎が吉祥を訪れたのは、上野の山で刻の鐘が鳴り始めるのと同時であった。園であれば「なんて律儀なお人なの」と笑っただろうが、出迎えたのはあるじの勝五郎である。目が荷物を見たので、重要書類と私物のほかに、荷物が一つ増えたと言った。

「江戸御留守居役から、中老への土産をたのまれまして」

「であればちょうどよい。いっしょに送るとしましょうや」

餞別をもらった人や、日頃お世話になっている人への土産品を買わねばならないが、才二郎は上屋敷に書類を取りにいくなど多忙なため、それどころでない。

先日、二人が両国に行ったおり、あれこれと土産の下調べをした。園が手控《てびか》えを執《と》っていたので、それをもとに室町や日本橋通り、さらには両国広小路にも出掛けて、誂文したのだという。

忘れた分があって足らなければ、才二郎が恥を掻くので多めにたのんである。今日明日にも届くだろうから、園瀬の才二郎宛に送っておくとのことであった。

そつのない、いかにも商人らしい気配りにかれは舌を巻いた。才二郎はすっかり失念していたのである。

「だれか」

勝五郎がそう言うと、二番番頭の音吉が姿を見せた。

「才二郎さまのご用意を」

勝五郎がそう言うと、音吉がご内所の隣りの六畳間に案内した。小袖、羽織と袴、そして帯など一式が用意されている。

「終わりましたら、声をお掛けください」

音吉は一礼して部屋を出、静かに襖を閉めた。

自分があまりにも世間《せけん》知らずであることを思い、才二郎はしばし呆然としていた。

父が死に、ほどなく母も亡くなったが、そのときかれは八歳であった。厳しく躾《しつ》けられたと言っても、貧しい生活の中ではかぎりがある。ちゃんとあいさつなさい、箸は正しく握るのです、食事中に喋ってはなりません、などは基本以前の問題だろう。

当時は目付だった芦原弥一郎に引き取られ、藩校と道場にも通わせてもらった。藩校と道場、芦原家の三箇所が、才二郎の生活の場のすべてであった。だがそれらは家庭とか家族というものではない。

井の中の蛙、自分がまさにそれであることを痛感させられた。哲之助との遣り取りがあり、園や若侍と語ったことで、世の中が少しはわかったような気がしたが、単なる錯覚《さっかく》にすぎなかったのかもしれない。

世間一般の人は、勝五郎が土産を手配したように、常にさきを読みながら用意万端《ばんたん》整えている。自分は目のまえのことを、なんとか熟《こな》しているだけにすぎない。いや、それすら不完全であった。

音吉の軽い咳払いでわれに返った才二郎は、あわただしく着替えをすませると、脱いだ物を畳んだ。

声を掛けると襖が開けられ、「お二階へ」と音吉がさきに立った。階段を上ると廊下を進み、襖を開けて、音吉が才二郎に入室をうながした。

部屋に入った才二郎は、二十人近い人に一斉に見られて思わずたじろいだ。襖が取り払われて二十畳ほどになった部屋に、男女が座を占めていた。だれもが笑顔を浮かべていたが、眼光の鋭い男や、値踏《ねぶ》みするような目をした女もいる。

床《とこ》の間のまえに紫色の座布団が二枚置かれ、才二郎が向かって左に坐ると、年輩の女性に伴われた園がその横に坐った。赤い振袖に綿帽子の身装《なり》である。

背後に掛けられた軸は、翼を拡げた鶴《つる》が右上から見おろし、左下に描かれた亀が頸を伸ばしてそれを見あげている、おめでたい構図だ。あるいは急遽《きゅうきょ》、掛けなおしたのかもしれなかった。

二人と向きあった場所に坐った勝五郎が、才二郎と園、続いて参列者に深々と頭をさげた。あとで園に教えられたところによると、その場の人びとは、勝五郎の四人の息子と三人の娘、そしてその伴侶《つれあい》、あとは町役人らだということであった。

店の者は、一番番頭の佐平《さへい》と二番番頭の音吉の二人であった。

「皆さま、本日は突然のおねがいにもかかわらず、またご多忙の中お集まりいただき、ありがとう存じます。なにしろ急なことでして、なんの用意もできておりませんし、仲人さえおりません。ということですので、わたしのほうから、このようになってしまったことの」

女性たちから含み笑いが起き、それに男たちの笑いが重なって、場が一気に和《なご》やかになった。おそらくそれが、勝五郎のねらいだったのだろう。

「ではありませんな。言いなおしましょう。二人がめでたく結ばれるに至った経緯《いきさつ》を、お話しいたします」

南国園瀬の藩士である東野才二郎が、中老の命で江戸に来た翌日、浅草奥山で三人のならず者に絡まれて、難渋している末娘の園を助けてくれた。実は二年まえ、園の実父である旗本秋山精十郎の墓参りに、勝五郎、二番番頭の音吉と、三人で園瀬に行ったことがある。

「岩倉道場のあるじ源太夫さまにお話を伺ったのだが、そのおり東野さまと園は顔をあわせたらしい。しかし、言葉はかわしておらぬそうでな」

思いがけない再会で、助けてもらった礼の意味もあって、園は連日のように江戸を案内した。

「ところがあきれたことに申し入れがあったのは昨日の朝、わたしが知ったのが昼すぎ、しかも明日は園瀬に発つ。式は向こうで挙げるだろうが、初床をすませるためには、取り急ぎ仮祝言をせんといかん。そこで、皆さまに集まってもろうたという次第でありまして」

「であれば、早う三三九度をやってもらわんと、わしらは酒と料理に手もつけられん」

「そうだそうだ。犬じゃないのだから、お預けはごめんだ」

だれかの言葉がきっかけで、ようやく三献の儀が執りおこなわれた。

「さあ、じゃんじゃんやっておくれ。明日は七ッ（午前四時）発ちなので、四ッ（午後十時）にはお床入りしてもらわにゃならんのだ」

「七ッ発ちなら、飲み明かしたほうがいいのではありませんか」

そう言った佐平に、勝五郎が首を振った。

「長旅の二人のことも、考えてやらんといかん」

「もっとゆっくりでも、よかったのではないでしょうかな。一日や二日遅らせても、どうということはありますまい。雨が続けば、川止めになることもありますし」

これは一番年輩の、義姉の夫であったが、やはり勝五郎は首を縦には振らなかった。

「一刻も早く二人きりになりたいだろうから、それで七ッ発ちに決めたのだ。そのくらい、気を利かせてやろうじゃないか」

　飲み喰いが始まると、ますますにぎやかになった。

「それにしても、棒を持って男の子を追い廻しておった、あのお転婆《てんば》娘がなあ」と言ったのは義兄の一人であった。「なんともお淑《しと》やかになって、まるで花嫁のようではないか」

「なにを言うとる、正真正銘の花嫁だぞ」

　と、これは別の義兄である。

「めでたい、めでたい。それにしても、これほどめでたいことが、またとあろうか」

「親父、よっぽどうれしいんだな」

「そりゃそうだ」

　まるで好々爺《こうこうや》で、本当に侠客湯島の勝五郎だろうかと、疑いたくなるほどであった。その侠客は続けた。

「このじゃじゃ馬を乗りこなせる男が、現れるだろうかと案じておったが、ついに出てきたのだ。これが喜ばずにいられるか」

「ということは、才二郎どのはみごとに乗りこなしたのだな」

「わしゃ、そこまでは知らん」

ギャハハハハとけたたましく笑う末弟の頭を、長兄がこつんと叩いた。叩かれてもかれは笑い続けた。

座は一層にぎやかになったが、四つの鐘が鳴ると、かれらはすなおに引きあげたのである。

「あとはわたしたちに任せて」

義姉と兄嫁たちに追いたてられて、才二郎と園は初床を迎えることになった。

八ッ（午前二時）に起きるとあわただしく用意し、店を預かる一番番頭の佐平や、奉公人の見送りを受けて出立した。

一行は才二郎と園、そして勝五郎が主となり、義兄、兄嫁、義姉の中で見送れる者が五人であった。かれらは吉祥に泊まったのである。

さらに屈強の三人の男を引き連れた二番番頭の音吉だが、かれらは園瀬まで従う。才二郎の荷はさほど多くはないが、園は女である。ほとんどの荷はあとから送るにしても、当面必要な衣類、化粧道具などの小物がけっこうある。三人はその荷持ち役だが、腕自慢で園の護衛も兼ねていた。

総勢で十二人である。真の闇なので、何人かは提灯を提げていた。

日本橋を予定どおり七ツに渡ったが、そこから品川《しながわ》本宿までは二里（約八キロメートル）、ゆっくり歩いても一刻（約二時間）とかからない。しかし本宿までは行かず、高輪車町《たかなわくるまちょう》の大木戸で見送ることにしていた。

金杉橋を渡り、大名蔵屋敷の建物の狭間《はざま》から海を見やりながら南に下った。金杉通りと本芝《ほんしば》をすぎて芝田丁《しばたちょう》に入る。芝の田町は一丁目から九丁目まであるが、それが終わったところに大木戸があった。

東海道の、江戸の出入口で、この辺りはすぐ東に海が迫っている。眺めが良いこともあって、茶店が立ち並んでいた。

ほどなく六ツ（六時）になるだろう、すっかり夜は明けていた。

一行は大木戸手前の茶店で、軽く食事をして茶を喫《きっ》し、別れを惜《お》しんだ。

「園は、この日が来るのを知っていて、少なくとも感じておって、じっと待っていた。そんな気がするな」

勝五郎がしみじみと言うと、園がうなずいた。

「そうかもしれません」

別れが迫っているのをひしひしと感じるからだろう、園がしんみりとしているのが、才二郎にはよくわかった。

「これだけの器量よしだから」

言ってから勝五郎は、実の娘の視線を感じたらしい。

「娘とは言っても、義理の娘で血は繋がっておらんのだから、娘自慢の親馬鹿にはなるまい。わしの血を引かずに本当によかった」

「お父さん！」

娘二人が声を揃えてそう言い、勝五郎を軽く睨んだ。

「おまえたちは、死んだ母さんの血を受けている。だから、よかったのだよ」

「苦しい言い逃れねえ」

言いながらも目は笑っていた。

「まあ、たしかに別嬪さんだから、可愛がられるのはしかたないけれど」

「姉さんたらねえ、お園ちゃんに焼餅《やきもち》焼いてたのよ」

「あなただって」

「母子ほども齢の差があるので、諦めるしかなかったけれどね」

「お父さんは、お政さんの面影《おもかげ》をお園ちゃんに見ていたのよ」

「そっか。母と娘、二人掛かりじゃ、あたしたちとても太刀《たち》打ちできないわ」

「お園ちゃんがお政さんから引き継いだのは、器量だけじゃないから」

「よく気が利いて思いやりがあるし」

「お政さんは長唄のお師匠さんだというから、家のことはなにもしないと思ってたら、おおちがい」

「料理の腕はいいし、針仕事はお職人さんのようで、わたしの着物なんか全部縫ってもらった」

「才二郎さんは本当に運がいい。お園ちゃんは掘り出し物だわよ」

「いい加減になさいな、二人とも。お父さまはお園ちゃんとお話ししたいのよ」

兄嫁が窘《たしな》めると、二人はいけないという顔になって、ちいさく舌を出した。

「さっきの続きになるがな」と、勝五郎は全員を見廻しながら続けた。「意地になっておるのではないかと思うくらい、園は断り続けたのだよ。何人かは、わたしもいいと思ったのだが、うんと言わない。理由も言わない。首を振るだけだ」

「おかげで才二郎さまと出逢えたのだから、いいではないですか」

「そうよ。終わりよければすべてよし、ですよ」

「終わりじゃないでしょ。これから始まるのだから」

娘たちのお喋りに勝五郎は苦笑した。

「わたしは礼を言いたくなった」

「お礼よりも、よろしくとおねがいしなくては」

「才二郎どのにはもうたのんである。礼を言いたい相手は、浅草奥山の三人のならず者だよ。よくぞ園に絡んでくれました」

「まあ」

女たちが声をあげて笑った。

「もう気にしなくてもよろしいぞ」

勝五郎が才二郎に、小声でそう言った。

さすが湯島の勝五郎と呼ばれただけのことはある、とかれは舌を巻いた。跟けられていないかと、さり気なく目を配っていたのである。

「昨日、土産物を求めに、園と室町や日本橋通りに行ったと申しました。ついでに、やっこさんにあいさつしておきましてな。熱心に声をお掛けいただいたことには、心よりお礼を申しあげる。ところで此度《こたび》、南国のさる藩の御武家のもとに嫁《とつ》ぐことになりましたので、ご承知置きいただきたい、と」

「義父さまに睨まれて、それはどうもおめでとうございますと言いながら、震えていましたね。唇が紫色に変わっていたわ」

「ねえねえ、なにがあったんですか」

「おもしろそうな話じゃない」

「それについては、湯島にもどってから話してやろう」

さらに四半刻ほど語りあってから、勝五郎が膝を叩いて立ちあがった。

「名残《なごり》を惜しめば惜しむほど、別れが辛くなる。思い切って、この辺で切りあげるとしようではないか」

駕籠を六挺呼んでもらうよう、勝五郎が茶店の者に頼んだ。大木戸まで話しながら来たので、さすがに疲れたのだろう。

繰り返し別れを惜しみ、一行は園瀬を目指して東海道《とうかいどう》を歩みはじめた。

何度も振り返ったが、姿が見えなくなるまで、勝五郎たちは手を振り続けていた。

園の目にうっすらと涙が浮かんだが、才二郎が見ると涙を浮かべたまま微笑《ほほえ》んだ。

江戸から大坂《おおさか》まで百三十五里二十八丁、道中、事件や病気、怪我など困ったことは特に起こらなかった。

護摩《ごま》の灰とも胡麻の蠅《はえ》とも書くが、要するに旅人ねらいの盗人である。そんな連中が敬遠したのだから、才二郎と音吉がただ者ではないということは、玄人には見ただけでわかるのだろう。

もっとも細かな変化は、いろいろと起きていた。旅のあいだ何度も「園どの」と呼んだ才二郎は、そのたびに「夫がわが妻をどの付けで呼ぶ人がありますか」と園に窘《たしな》められた。そのおかげもあって大坂に着くころには、「園」と呼び捨てできるようになっていたのである。

さて大坂に着いたが、それからは船旅となる。一行を乗せた船は難波《なにわ》の港を出、無事に園瀬藩の松島《まつしま》港に着いた。

終章

花房川に架かる高橋の手前で、才二郎と園は馬を下りた。かれらは四人といっしょに歩くと言ったが、花嫁を伴っての初のお国入りだからと、音吉が頑《がん》として受け容れなかったのである。

しかたなく馬に乗ることにし、であればと三頭にしてもらった。その一頭に、三人の担《かつ》いでいた荷物を振り分けにして、運ばせることにしたのだ。音吉と三人は断ったが、そうしてくれなければ乗らないと園が粘ったので、渋々承知したのであった。

高橋の番所で城下に入る手続きをすませると、一行は大堤の上に出た。

園は目を見開き、息を呑んだ。

広大な盆地が三色に塗り分けられていたのである。麦の緑、菜の花の黄、そして蓮《れん》華《げ》草《そう》の紫がかった赤が、霞《かす》んでしまうほどの彼方まで拡がっていた。

そして視線をゆっくりともどすと、少し先を流れる堀川に、平底で舳《みよし》が尖った田舟《たぶね》が舫《もや》ってある。手前が蓮華草畑で、岸にはこぼれ種が実生《みしょう》したのだろう、菜の花がやわらかそうな緑の茎《くき》と葉、そして黄色い花を輝かせていた。菜の花越しに見える田舟の舳先《へさき》には、一羽の白鷺《しらさぎ》の姿があった。

純白の鷺は微動もせずに、少し先の水面《みなも》を凝視している。あるいは前方から、小魚の群れが近づいているのかもしれない。

園はふたたび遠景に目を転じた。

――ああ、これが園瀬だ。わたしの園瀬なのだ。江戸を出てからそれほど感じることがなかったのに、ここには季節が溢れている。春だ。園瀬の春にわたしは包まれている。

胸がいっぱいになって泣きそうになったが、園はなんとか堪えた。いくらうれしくて心が打ち震えても、新しい生活に向けての涙は不吉だ。

自分はついに、夢にまで見た園瀬に来たのである。いや、来たのではなく、自分の居るべき場所にもどったのだ。ふたたび園瀬の地に立った。立つことができたのである。

「弥生《やよい》、三月、花ざかり」

思わず唇から言葉が洩れた。それを耳にした才二郎が、あッとちいさく声を出した。

「言い忘れていたことを思い出したよ。先生と奥さまに女のお子が生まれて、花さんと名付けられた。ちょうど一年まえ、弥生三月花ざかりのことだ」

「お花さん？　早く会いたいな」

まるで娘のように声が弾んだ。

「園奥さまは園瀬の人におなりだ。これからは毎日、景色もお花さんも、いくらでも見ることができますよ」

音吉の言葉に、園はすなおにうなずくことができた。

吉祥ではいくら大事にされても、心の隅では常に客のような気がし続けていた。しかし、ここが自分の居場所となる。それをたしかなものにするためにも、早く才二郎の子がほしい。園は切実にそうねがった。

「では、行くぞ」

才二郎の言葉で、一行は城下へと向かった。

西の丸に近い芦原讃岐の屋敷に着いたのは、七ツ（午後四時）を少しすぎた時刻である。門番の話では、讃岐はまだ下城していないとのことだ。

脇玄関に荷を置くと音吉たちは辞した。ほどなくあるじの讃岐がもどるので、あいさつだけでもと引き止めたが、かれは首を振った。

「なにしろ御当家は藩の中老さま、宿屋の奉公人のあっしらは、とても」

旅籠の「東雲」に宿を取り、明朝早く発つのでここでお別れを、とのことであった。言い出したら聞かないのを知っているので、何度も礼を言い、それ以上引き止めることはしなかった。

「それでは、園嬢さま、ではございませんでした、奥さま、どうかお幸せにおすごしください」

「おまえたちも道中ご無事でね。義父《ちち》と皆さんに、くれぐれもよろしく」

こもごものあいさつがあって三人は去って行った。

「才二郎ではないか、どうして報せなかったのだ」

その声とともに姿を見せたのは、讃岐の用人である。才二郎を叱ってから、園に気付き目を剝《む》いた。

才二郎が園を紹介し、あとで詳しく話しますが、これにはいろいろと事情がありましてと言っていると、門のほうで声がした。

「なに、才二郎がもどっただと。嘘を吐《つ》け。報せは受けておらん。あの律儀者が、連絡も寄こさずにもどる道理がない」

讃岐の声はおおきいが、それに応じる門番の声は、二人には聞こえない。

「女連れだと！　法螺《ほら》もほどほどにしろ。才二郎にそんな器用なまねができるものか。真夏に雪が降るわい」

言いながら足早に近付く気配があり、「ややッ」と言ったなり、讃岐は絶句した。あとから供侍、槍持ち、草履《ぞうり》取り、挟箱《はさみばこ》持ちなどが続いたが、静かにお辞儀をする園を見て、だれもが口をあんぐりと開けていた。

あいさつしあったあとで讃岐が言った。

「早い。早すぎる」

「早くていけませんでしたか」

「いけないことがあるものか。いけなくはないが、早すぎる」

「お言葉ですが、いささか矛盾しているように」

「いや。いくらなんでも、あと二、三日は、と思うておったのだ。だが無事の帰着、重畳《ちょうじょう》じゃ。それもこのような美人を伴《ともの》うて、だからな。いろいろと事情もあろうから、まずは聞こう」と、そこで讃岐は園に訊いた。「長旅で疲れておろうゆえ、休んだほうがよいのではないか」

「いいえ、大丈夫でございます。それに園瀬《こちら》の空気を吸いましたら、すっかり元気になりました」

「むりはせぬほうがいいぞ。気が張っておるから今はなんともないが、あとになって疲れが出るからな」

　園はその言葉に、少し頭をさげて礼意を示した。

　用人が命じたからだろう、下女が洗足盥《すすぎだらい》と足拭き雑巾《ぞうきん》を持って来た。

　表座敷に通されるなり、才二郎はまず無礼を詫びた。

「実は江戸御留守居役の古瀬さまに、不意にもどって驚かせてやれ、協力せぬと相談には乗れんぞと脅されまして」

「古瀬の企みか。なら、わからんこともない」

「たいへんな知恵者だと伺っておりましたが、それに劣らぬいたずら好きなお方で、驚かされました」

「ん、いたずら好きだとは言わなんだか」

「伺っておりません。知恵者だとしか」

「許せ。ところで協力の件とは」

「申しますが、そのまえに」

才二郎は園と結ばれることになった経緯《いきさつ》を、ある程度は端折《はしょ》りながら話した。讃岐は驚いたり笑ったりして、にぎやかに合いの手を入れながら聞いている。

藩士の婚儀は藩庁に届けて藩主の許可を得る必要があるが、陪臣、つまり藩士の家来の場合は、あるじが認めればそれでよかった。藩庁の許可は不要であったが、届けは出すことになっている。

園の実父は旗本の三男坊秋山精十郎だが、故あって湯島で宿屋を営む勝五郎の娘になっていた。そのため武士の養女としてから、才二郎に嫁ぐ形を取る必要があった。陪臣に嫁ぐ園を藩士である古瀬の養女とすると、格がちがうので才二郎に嫁がせるには障りがある。そこで古瀬の用人の養女にすれば、陪臣同士なので問題がなくなるということであった。

「芦原をあッと言わせてやろうではないかとの、古瀬の企みに加担せねば、その書類を出さぬという脅しだな」

「まことに申し訳ありません」

「こんな美人を娶るためなら、わしだってそうするだろう」

園は真っ赤になったが、讃岐は二人を均等に見ながら言った。

「園どのは当分のあいだ客として、当屋敷に滞在するがよい。四畳半の、才二郎の部屋に住まわす訳にもいかんからな」

「いえ、わたくしは十分でございます」

「そっちがそうでも、こっちがそうはいかんのだ。ともかく、四、五日は客としてのんびりなさい。そのあいだに、わしもあれこれ考える。ところで才二郎、まっすぐここにもどったのだな。途中でだれぞに会《お》うてはおらんか」

「高橋の番屋で手続きしましたので、番人には」

「岩倉は、源太夫や道場の者に知られてはいないな」

「はい」

讃岐は用人を呼ぶと、才二郎がもどったことをだれにも言わぬよう、屋敷の者に緘《かん》口令《こうれい》を敷《し》くよう命じた。

「吉祥の番頭と、荷運びをしてくれた奉公人の三人が、東雲に宿を取っています」

讃岐は下僕に、酒を一升届けるように命じた。そして音吉たちに、才二郎が妻を連れてもどったことを、黙っているようにと伝えさせた。

「ところで才二郎と園どの」

　口調が改まったので二人は緊張した。

「明朝、食事を終えたら、なるべく早く二人で岩倉家へ出向き、源太夫とみつを驚かせてやれ」

「そのつもりですが、別便で送った江戸の土産が、まだ届いていないようでして」

「そんなのは、あとからでもかまわん」と言って、讃岐はにやりと笑った。「わし一人が騙《だま》されたのでは癪《しゃく》だ。源太夫もたっぷり驚かせなくてはな。やつの顔が見られぬのが、ちと残念ではあるが」

　あとで二人きりになったとき、才二郎が園に言った。

「江戸御留守居役の古瀬さまや中老の芦原さまに、あれほどいたずら好きな面があることは、話しても藩士はだれ一人として信じぬであろうな」

　源太夫は毎朝、軍鶏に餌を与える権助や亀吉について廻りながら、一羽一羽の体調を見るのが習慣であった。それによって、鶏合わせ（闘鶏）の組みあわせを決めるのである。

　才二郎と園が岩倉家の庭に着いたのは、六ッ半（午前七時）を少しすぎていた。餌を喰い終わった軍鶏を唐丸籠に入れて庭に移し、鶏小舎を掃除しているところで、源太夫の姿はなかった。

「あれ、才二郎さまは、まだ江戸のはずやのに。えッ、いつおもどりに」

　さきに気付いたのは亀吉で、ややうしろに控えた園を見て驚きのあまり目を丸くした。その声で振り返った権助は、信じられぬものを見たとでもいうふうに、口をいっぱいに開けて首を振っていた。

「これは才二郎さま」ようやくそう言ってから、うしろを見て素《す》っ頓狂《とんきょう》な声をあげた。「園さまではございませんか」

「憶えていてくれたのですね、権助さん。お元気でなによりです」

「なぜ園さまが、と言うのは野暮ですな。でなければ園瀬におられる訳がない。こりゃたいへんなことになった。大旦那さまにお報せしなければならんが、さぞかしびっくりされることでしょう」

　と足早に母屋に向かった。

「亀吉、園だ。わたしの妻だよ」と亀吉に言い、才二郎は園を振り返った。「亀吉は昨年の暮に権助の弟子になって、軍鶏の世話を始めたところでな」

「亀吉さん。園です、はじめまして」

「亀吉です。よろしゅうに」

とあいさつしてから、才二郎の着物の袖を引いた。

「才二郎さま、園さまは強いんやな」

「ん？　なにが言いたいのだ」

「うちの大旦那さまの口癖《くちぐせ》は、強い軍鶏はきれいで、きれいな軍鶏は強い、じゃ。ほれからすると、園さまは、ものごっつう強いにちゃあない」

「亀吉。いいかげんにしろ。園さまと軍鶏をいっしょにするやつがあるか」

叱る権助のうしろから、市蔵と幸司が走り出して来た。すぐうしろには源太夫と、花を抱いたみつが続いた。さらにうしろでは、下女のサトがじっと見ている。

「園さんだ」

市蔵は二年まえに園が園瀬に来たのを覚えていたが、幸司は記憶がはっきりしないらしく、はにかんだような顔をしていた。

「ご無沙汰《ぶさた》いたしております。その節はたいへんお世話になりました。お二人に、そして市蔵さんや幸司さんにお会いできるなんて、夢のようです」

「やはりもどって来てくれたのですね。わたしにはそんな気がしていたのですよ。園さんは、園瀬で暮らす定めにちがいないって」

　みつの言葉にうなずいてから、源太夫は才二郎に言った。

「権助に聞いたときには、にわかには信じられなんだが」

「はい。まさかこんなことになるとは、思ってもおりませんでしたので、わたしが一番驚いております」

　――わずか二ヶ月にも満たぬ月日で、人がこれほど変わるものだろうか。

　表情にこそ出さなかったが、源太夫は才二郎の変わりように内心で驚嘆していた。園瀬しか知らなかった男が江戸を、世間というものを見たからか。それともよき伴侶を得たためだろうか。いや、それだけではないという気がした。

　もともと精悍な男ではあったが、鋭い気迫にあふれながら静謐《せいひつ》なのである。黄河《こうが》最大の難所と言われる龍門を登った鯉は、龍になるとの伝説があるが、ほとんどそれに近い変貌が感じられた。

　――刃《やいば》の下を潜ったな。

「いかがいたしました」

　才二郎がそう訊いたが、源太夫はおだやかに笑いながら言った。

「立ち話もなんだから、詳しいことは中で聞こう」

表座敷に通されると、「浅草奥山で」と経緯《いきさつ》を話すことになった。江戸で留守居役の古瀬や勝五郎に語ったし、前夜は讃岐に聞いてもらっている。

このあとも、柏崎数馬や道場仲間、また恵山《えざん》和尚となった若軍鶏の大村圭二郎《おおむらけいじろう》など、果たして何人に、おなじ話を繰り返すことになるのだろう、と才二郎は思った。

聞き終わった源太夫が訊いた。

「すると園どのは、墓参のために園瀬に来たおり、才二郎に……」

「それは誤解です」と、才二郎はあわてて打ち消した。「言葉すら交わしておりません。再会したとき、園はわたしの名を知りませんでしたから」

「それはそうと、讃岐はさぞや驚き、喜んだことであろう」

「はい。芦原さまが、あれほど陽気で、よくお話しなさる方だとは、思ってもおりませんでした」

「それだけうれしいのだ。ともかく、才二郎をなんとかせねばならん。いい娘がいたら、ぜひ教えてくれと、わしもみつも、それに千秋館の盤睛も、何度たのまれたかわからん」

「まるで存じませんでした」

「剣一筋の男だからな。わしの若いころにそっくりだ」

「そうしますと」と、才二郎はみつをちらりと見て、源太夫に目を戻した。「今は別人となられた、ということですね」

みつか園のどちらかが、くすりと笑った。いや、同時に笑ったのかもしれない。

「さて、わしは道場に出ねばならぬが、おまえは出ずともよいぞ」

「いや、出ます。江戸の中屋敷でも、素振りと居合の型だけはやりましたが、申しあいをしようにも、相手がおらんのですよ。毎日出ていたのは、若侍が一人だけで」

「なら、稽古をつけてやろう」

「お願いします」

才二郎はみつに一礼し、園には目交ぜして座敷を出た。

「おまえたちも稽古だ」

「はい、父上」

元気よく返辞して、市蔵と幸司も立ちあがると、みつと園に頭をさげ、二人のあとに従った。

それを見送ってから園が含み笑いをした。

「あの人も、まだまだ先生にはかないませんね。当然でしょうけど」

「あら、どうしてかしら」

「出ずともよいと言われたら、いや、出ますと言う気性を、見抜かれているのです。先生のほうが、役者が一枚も二枚も上だとわかりますもの」

「園さんは、すごいですね」

「……?」

「だって、ご亭主の気性をすっかりご存じだなんて、お若いのにたいしたものだわ」

道場でワッと歓声があがり、拍手の渦となった。驚く園に、みつが絵解きした。

「師匠がお弟子さんたちに、師範代の東野才二郎どのが、江戸から美人の花嫁さんを連れもどったことを、披露したのですよ。すぐ、大騒ぎになるでしょう」

その言葉は直ちに証明された。

道場から、弟子たちがわらわらと出て、母屋に向かって駆けて来たのである。年少組だけではない。若侍や、けっこう年輩の者も混じっていた。

「おめでとうございます」とか、「本当だ。すっげえ美人」などと、たちまち大騒ぎになった。そのにぎやかなことと言ったらない。

「剣が強くなれば、美人の嫁さんをもらえるのかなあ」

「そりゃそうだよ。先生だってそうだもの」

「数馬さんところも、きれいな奥さんだしなあ」

「だとすれば励みになるけど」

「並の強さじゃだめだぞ。よっぽど強くならなきゃ」

「よし、稽古にもどろう」

「いざ、道場へ」

潮《しお》が退くように、だれも居なくなってしまった。騒々しかっただけに、寂《さび》しく感じるほどだ。

「園さんのことは、明日になると園瀬の里で知らぬ者はいなくなりますよ。しばらくは、道も歩けないかも知れませんね」

「まさか、そんなことは」

「まず、お弟子さんたちが沸き返りました。家に帰って話します。そして、あっという間に藩中に知れ渡るのです」

「驚かさないでください」

「そのくらい、静かでおだやかな里なんですよ、園瀬は。もしかしたら、退屈で逃げ出すかもしれませんね、園さん」

「わたし、お訊きしたいことがあります。よろしいでしょうか」

「わかること、答えられることでしたら」

「二年まえこちらに伺ったおり、とても心を打たれたのです。先生がご立派だからでしょうけれど、みつさまもすばらしい方だと。わたしはできることなら、このような、落ち着けてすごしやすい居場所を作りたいと思っています。秘訣《ひけつ》がありましたら、ぜひ教えていただけませんか」

「むずかしい問題ですね」

「わたし、できれば失敗はしたくありませんが、周りに良いお手本がなかったのです」

「失敗はだれだってしてしまいます。なにも恐れることはありませんよ。大事なのは、繰り返さないことではないでしょうか」

「はい、たしかに」

それっきり、みつは黙ってしまった。

園は小蒲団に寝かされた花をじっと見ている。まるで目で、花の柔肌を撫《な》でているという気がするほどだ。

庭木に来たシジュウカラが、ちいさく啼《な》き交わしながら、枝から枝へと移り、ほどなく姿を消した。

「では、お話ししますね」

静かな声でみつが言った。

「はい。おねがいします」

園の声も静かであった。

「人前では、これは目上の人だけにかぎりません、老若男女のすべて、自分と夫以外の人はだれでも、たとえ子供でも、わが子ならなおさらです。ともかくだれが居ても、どんなことがあっても、旦那さまを立てなさい。旦那さまのお顔を立てます。恥をかかせるなど、もってのほかです」

「自分の子供であろうと、ですね」

「あろうと、ではなく、であればなおさらです。犬や猫であっても」

「……！」

「冗談ですよ」

「人前ではどんなことがあろうと、旦那さまの顔を立てる……」

「そのかわり、二人だけのときはお尻に敷いちゃいます」

「まあ」

「ただし、旦那さまには、お尻に敷かれていると感じさせないように」

「それが一番むつかしそうです」

「園さんならできますよ」

「わたし、とんでもない秘密を明かされたのですね」

「母に教えられた門外不出の秘伝だけど、園さんだからお話ししたのです。この話は二人だけの内緒ですよ」


翌日、七ツに下城した芦原讃岐が西の丸下の屋敷にもどると、ほどなく岩倉源太夫がやって来た。中間に呼びにやらせたのである。

源太夫を書院に通すと、讃岐は東野才二郎を呼びつけた。

二人をまえに讃岐は改まった顔になった。

「本日は恒例の大評定の日である」

園瀬藩では毎月、二の付く日を式日としていて、二の丸で評定が持たれる。二日と十二日には家老、中老、月番の物頭が政務の打ち合わせをおこなう。二十二日には、その顔ぶれに非番の物頭、目付、寺社、勘定《かんじょう》、町の三奉行が加わり、大評定が持たれることになっているのだ。

「殿も列席されたが、席上、東野家の再興が決定した」

才二郎は源太夫と目を見あわせると、すぐに讃岐を見、相手がゆっくりとうなずくのを見て、顔を紅潮させた。

「理由は、文武両道に優れかつ勤勉、若き藩士たちの模範として、藩政への貢献《こうけん》が計り知れぬ、というものだ。本日付けなので、これからはめでたく藩士東野才二郎だ。禄は五十石と多くはないが、屋敷も与えられた。あとで教える。下僕と下女は、事情を知っておるわが家の者をと思うたが、御新造をはじめ、なにもかも新しいことゆえ、新たに雇い入れるがよかろう」

「あ、それで、早すぎると?」

「今ごろわかったか」

にやりと笑う。

「どういうことだ」

事情を知らぬ源太夫が、怪訝な顔をしているので、才二郎が説明した。

江戸留守居役の古瀬に言い含められ、連絡をせずにもどったので、讃岐とは次のような遣り取りがあった。

「早い。早すぎる」

「早くていけませんでしたか」

「いけないことがあるものか。いけなくはないが、早すぎる」

讃岐にしては妙にちぐはぐだなとは思ったが、横に園がいるからだろうと、深くは考えなかったのである。

「それで合点《がてん》がいきました」

「わしにはわしなりに段取りがあったのだ。才二郎が江戸へ行く。書類を届け、返書を受け取り、園瀬にもどる。その二、三日まえに、大評定で東野家御家再興が決まる。わしの計算では、今日がその当日だった。もどればすぐ入れるよう、屋敷を用意する。藩士となって屋敷を与えられたとなると、妻帯せぬ訳にいかん。むりにでも妻を娶らせようと、目星も付けておいた。それなのに、自分で勝手に女房を連れもどりおって。主人の気持を知らぬ、とんでもない不忠者だ」

「申し訳ありません。が、がですよ。そうしますと、ご存じだった訳ですね」

「内諾は得ておった。だが、決定ではないので、話せなんだのだ。わしも大評定は何度も経験しておるが、あれは魔物だ」

「と、申されますと」

「何度もひっくり返るのを見た。だれぞが声高に押し通すと、危《あやう》かったのが決まることもあれば、ほぼ決まっておりながら、強引な横槍で通らなんだこともあった。そんなことより才二郎、園どのに報せて喜ばせるのが先だろうが」

「あ、はい」

才二郎は礼を述べると、二人に頭をさげてそそくさと書院を出た。

「ひと回りもふた回りも、おおきくなったな」

うしろ姿が見えなくなると、源太夫がしみじみと言った。

「一家を構えるに十分な器に育った」と、讃岐も感慨深げである。「世間を見れば少しは変わるかと思うて、江戸へ行かせたのだが、これほど変わるとはな」

「旅はさせるものだ」

「まさに、可愛い子には旅をさせろ、だな。一人で出掛けて二人でもどるとは、考えてもおらなんだが」

同意のうなずきのあとで、源太夫は讃岐をじっとみながら言った。

「御家再興の件は、簡単にはゆかなんだであろう」

「ああ。ただ、目付だったわしは、事情を知っておったので才二郎を引き取った。そしてなんとか御家再興ができるよう、力を尽くさねばと思っていたのだ」

才二郎の父は陰湿な上役に、辞めねばならぬ状態に追いこまれた。だが、結果としては役目を投げ出したということになる。これは、武士としては拭うことのできぬ汚点だ。それだけに単純にはいかない。

そのときの上役が、半年ほどまえに亡くなった。

「好機到来だと思ってな。いろいろと動き出したのだ。再興願いの理由は、藩政への貢献大なりという、先程申した内容だ」

当時の上役の死を好機と見たのは、次のような理由からであった。

家の興廃は藩にとっても大問題である。評定でなく、大評定で決定、あるいは発表されるのはそのためだ。

貢献がいかにおおきかろうと、ひとたび再興となると、当然だが廃絶になった理由が洗い直され、上役のところにも問い合わせが行く。となるとまずむりである。

上役が死んだのを知った讃岐は、才二郎の父が実際は被害者であったということを、力になってくれそうな重職たちに、さりげなく話しておいた。廃絶の理由が問題になっても、貢献のおおきさを採るべきだとの意見が過半数となれば、あとは藩主が検討し、決断をくだすことになる。

「根廻しができたころ、新野《あらたの》さまに再興願いの話を持って行った」

新野平左衛門《へいざえもん》は藩主が藩政の改革をおこなったときの、功労者の一番手であった。当時は中老であったが、改革成功ののち家老に昇格し、現在は筆頭家老である。

「願書《ねがいがき》をわしから出すと、才二郎が家来ゆえ依怙贔屓《えこひいき》と取られる。そこで新野さまに相談したのだが、御家老も才二郎の父のことは薄々ご存じでな。必ず殿の許可を得ると約束してくれた」

内諾が得られた。

筆頭家老の願書で、正当な理由があれば藩主もまちがいなく許可する。それが二ヶ月まえで、さらに根廻しをして念を押し、今日の大評定を迎えたのであった。

願いどおりとなり、東野家再興は許可された。それも大評定に掛けてではない。その必要はなかった。藩主がじきじきに決定し、大評定で発表したからである。

「いないあいだにすべてを進めようとして、才二郎を江戸に行かせたとすると、書類の中身はおよその見当がつくが」

「差し障りのない私信で、今度のことを書いておいた。反故紙を入れてもいいので分厚くしておけともな。返書は二十日、早くても半月はかけて仕上げ、厳重に包装して才二郎に渡してくれとたのんでおいた。古瀬が予定より早く書類を用意したのは、園どののことがあったからだろう」

「とすれば誤算だったな」

「とんでもない誤算だ。一人でなく、園どのと江戸見物していたのだからな」

「うれしい誤算だ」

「ああ、こんな誤算なら何度あってもよい」

「弥一郎には礼を言わねばならん」と、源太夫は讃岐を道場時代の名で呼んだ。「園どのの実の父は、江戸の椿《つばき》道場での一番の友だった。園どののことが、ずっと気になっておったのだ」

「礼を言いたいのはわしのほうだ。柏崎に東野、文武に秀《ひい》でたいい弟子を育ててくれた」

「数馬が何種類もの建議書を出して、役に立っているのは知っているが、才二郎はどうなのだ」

「二人とも能力がある。柏崎は全体を俯瞰《ふかん》して、どこをどうすれば滞《とどこお》りをなくせるかとか、仕事の処理の方法をいかにすればむだが省《はぶ》けるか、さらには殖産《しょくさん》の重要性などに関して、豊富な知識と鋭い視点を持っている。東野は実務の処理能力が抜群にいい。家来ではのうなったが、わしの下で働いてもらうつもりだ。藩を牽引《けんいん》する車の、両輪となってくれるやもしれん」

「それは心強いかぎりだ」

「勤勉なる者は報われねばならん、というのがわしの信条だ。ところで新八郎《しんぱちろう》」と、讃岐もかれを昔の名で呼んだ。「重要書類が実は反故紙だったということは、才二郎には絶対に内緒だぞ」

「ああ、口が裂けても言わぬ」

仕事が始まれば時間が取れなくなるとの理由で、才二郎は園を散策に誘い出した。夫婦ではあっても、連れ立って歩くとなにかと取り沙汰される。目に付きそうな所では二、三間離れて歩き、人目がなければ寄り添って話すようにした。園瀬は江戸以上に、世間の目がうるさいのである。

才二郎は、どこであの話を打ち明けるかを決めていた。

芦原屋敷を出て水路に出、西へと行くと堤防の起点に達する。

南西方向から流れてきた花房川は、岩盤に突き当たって深い淵を掘り起こしていた。その少し下流に盆地への取水口があり、川は南東へと流れくだっていた。淵にそそり立つ崖《がけ》の中ほどには、年月を経た藤《ふじ》の蔓《つる》が横に這《は》っている。初夏には薄紫の花房が垂れさがって水面に映り、上下から向きあっているように見えた。それが花房川の名の由来《ゆらい》である。

そんなことを園に話しながら、かれらは巨大な蹄鉄《ていてつ》のように、広大な水田を抱えこんだ大堤を下流に向かって歩いていった。

しばらく行くと、百姓たちが鐘ヶ淵、武家では沈鐘《ちんしょう》ヶ淵と呼ぶ淵がある。ずっと西にある雁金村の富尊寺《ふそんじ》に、釣鐘を運んでいた馬車の縄が切れ、鐘が沈んだのでその名を持つ淵だ。

才二郎の説明を、園は瞳を輝かせて聞いている。淵にまつわる話がすむと、かれは新妻を振り向かせた。

「あッ」とちいさな叫びが漏れた。そこは堤防の最南端で、城下を一望するには、もっともいい場所であった。

北西からやや北寄りに、園瀬城の天守閣が聳えている。反りを持った高い石垣の上に築かれているので、とても三層とは思えぬ荘厳さがあった。

「天守閣の東にあるのが二の丸だ」と、そこで才二郎は言葉を切った。「二の丸で、今日、大評定が持たれた」

声の調子にただ事でないものを感じたのだろう、園は才二郎をじっと見て、次の言葉を待った。

「その大評定で、東野家の再興が決定した。わたしは芦原さまの家来ではなく、一人前の藩士となった」

「おめでとうございます」

「ありがとう。これも園どののおかげだと思っている」

「あれだけ申しましたのに、わが妻をどの付けで呼ぶ」

「今日が最後だから呼ばせてくれ。園どの、園どの、園どの」

「まるで大安売りですね」

「園どのが好運をもたらしてくれた。浅草奥山でめぐりあってからというもの、すべてがいい方向へと動き出した気がする。園どのはわたしの福の神だ」

「わたしは福の神なんかではなくて、園瀬の園です。御家再興は、まじめなおまえさまへの天からの贈り物ですよ。そしてわたしに、園瀬に住んでいいと、神さまが言ってくださったのだわ」

ふたたび園瀬にもどることができて、本当によかったと、園はしみじみと思った。

「父の墓参りに、いっしょに行ってくださいね」

「当然だ。それからわたしの両親の墓にも参り、二つのできごとを報告しよう」

「御家再興が悲願でしたもの」

「それから、もう一つ、大事なことを報告しなければならない」

この地で生きて行くために、まず、そうしなければと園は思った。

黄金丸
<small>こがねまる</small>

一

ある日、岩倉道場に一人の浪人者がやって来た。しかし道場には向かわず、母屋とのあいだの庭にゆっくりと歩を進め、そして立ち止まった。

男は径が一尺あまりで高さが一尺五寸くらいもある、おおきな鳥籠を手にしていた。持ち運び用に特別に作らせたものらしく、唐丸籠を小型にしたような形をしている。

大柄な男ではあったが、そのまま提げては籠の底が地面に着くので、肘《ひじ》を折り曲げていた。けっこうな重みがあるだろうに、まるで意に介していない。

籠は竹を六つ目編《あ》みに組んだものだが、竹の幅が広く頑丈な造りのため編み目が狭い。そのわずかな隙間《すきま》から、あざやかな色をした羽毛が輝きを見せていた。

軍鶏である。

男が立ち止まったのは、庭に林立した唐丸籠を目にしたからであった。次々と籠の軍鶏に目を移していたが、やがてその頬にかすかな笑いが浮いた。

「小僧」

男が亀吉に声を掛けた。

「なんで？」

亀吉は後半を略す園瀬の俚語《さとことば》で無愛想に答えたが、鳥籠の軍鶏に気付いて複雑な顔になった。男が何者か判断できないからだろう、突っ立ったままである。

「どちらさまで」

気付いた権助が誰何《すいか》したが、その目はやはり、男の顔と鳥籠の軍鶏を何度も往復した。羽根の色が初めて見るものだというだけでなく、特別ななにかを感じたらしい。

「鳥飼唐輔《とりかいとうすけ》と申す。岩倉源太夫どのにお目に掛かりたい」

「お急ぎでなければ、少々お待ちいただきたいのですがな」

鳥飼は答える代わりに、ぎょろりと権助を睨んだ。

「ただいま道場で、稽古を付けておりますので」

「相わかった」

「母屋のほうでお待ちを」

「ここでよい」

亀吉が床几《しょうぎ》を持って来ると、鳥飼は籠を地面におろし、坐って腕を組んだ。

「窮屈《きゅうくつ》でしょうから、空いた籠に移したほうが」

権助はそう言いながら男の軍鶏を示した。鶏冠《とさか》が閊《つか》えはしないものの、籠の天井との隙間はわずかであった。体の周囲にもあまり空きがなく、尾羽《おは》や翼は籠に触れていた。

「かまわぬ」

餌を喰い終わった軍鶏を唐丸籠に移したところなので、鶏小舎の掃除が待っていた。しかし、軍鶏を連れた客人を、そのままにしておく訳にもいかない。

「権助はん、掃除はわいがやるけん」

そう言って亀吉は鶏小舎に向かった。

権助が、さてどうしたものかと思案しているところに、源太夫が姿を現した。道場の連子《れんじ》窓の向こうを鳥飼が通るのが見えたので、出て来たのである。特定の弟子に稽古を付けるのではなく、全体を見ながら気付いた点を注意する状態だったこともあり、指導に差し支《つか》えはなかった。

互いが名乗ったあとで、源太夫は権助が持って来た床几に腰をおろした。二人は二間ほどの距離を置いて坐った。

権助が鶏小舎に向かうのを目で追ってから、源太夫は訊いた。

「して、御用件は」

「鶏合わせを願いたい」

権助は立ち止まったが、振り返ることはせず、そのまま鶏小舎に向かった。

亀吉はこびりついた鶏糞をこそげ落とし、権助は小舎を洗うため桶《おけ》に水を汲《く》んだ。

源太夫はまじまじと、鳥飼唐輔と名乗った男の顔を見た。肩透《かたす》かしを喰らった思いがしたからだ。てっきり、果たし合いの申し入れに来たと思ったのである。

しかし横に軍鶏を入れた籠を置いていることを考えれば、意外だと感じるほうがおかしいのかもしれない。

「それがしが軍鶏を飼っていることを、いかにして」

「知ったと申されるか」

「片田舎でひっそりと、楽しみに飼っておるだけなのでな」

「知らぬは御本人だけのようだ。貴殿の名は知れ渡っておる。軍鶏侍の渾名《あだな》で呼ばれ、蹴殺しを編み出したことも」

やはりねらいはそちらかと、源太夫は心の裡《うち》で苦笑した。

かつてある旗本が差し向けた刺客《しかく》を、一撃のもとに倒したことがある。源太夫は知らなかったが、霜八川刻斎《しもやかわこくさい》という馬庭念流《まにわねん》の遣い手であった。武芸者のあいだでは、剣名というよりはむしろ悪名で知られた男であったらしい。

あの霜八川を倒した男がいる。それも南国園瀬の田舎侍で、名は岩倉源太夫。飼っている軍鶏から想を得て編み出した、蹴殺しという秘剣を用いたとのことだ。

その噂は瞬く間に、武芸者たちのあいだに広まったようだ。

源太夫のもとには、次々に挑戦者がやって来た。霜八川を倒した源太夫に勝てば、一気に剣名が高まるとの思いからだろう。源太夫に勝つことが目的なので、ほとんどが道場での竹刀あるいは木剣による試合に応じたが、真剣勝負を望む者もいた。

そのことごとくを撃退すると、次第に挑戦者は減っていった。しかし今でも、何ヶ月かに一人くらいは、試合あるいは果たし合いを挑んで来る。

鳥飼唐輔はおそらく偽名だろうが、鶏合わせ、つまり闘鶏は口実で、ねらいは真剣勝負だと源太夫は睨んでいた。ゆえに、素知らぬ顔で反応を見ることにしたのである。

「では、賭けで鶏合わせをやらぬことは、ご存じのはずだが」

「なにを申される」

「賭けたいのではないのか」

「鶏合わせと申したが、賭け試合とは言うておらぬ」

「これは失礼した。ただの鶏合わせのためだけに、園瀬にまで来られたとは、どうにも思えなかったのでな」

うっかりと本音を洩らしたような言い方をしたが、予想どおりの反応を鳥飼は示した。顔色が白くなり、たちまちにして朱を注したように赤くなったのである。目が憤怒で燃えあがった。

「鶏合わせに金を賭けて稼ぎ、それで糊口《ここう》を凌《しの》いでおると見たな」

「そうは申しておらん」

「言ったも同然だ。尾羽うち枯らした痩せ浪人と侮《あなど》りおって」

「そうではないと、申しておるではないか」

「言い逃れるとは、卑怯千万《せんばん》」

「まあ、落ち着かれよ」

「煽《あお》っておいて、なにが落ち着かれよだ。鶏合わせを楽しみ、そのあとで軍鶏について語りあおうと思うておったが、侮辱《ぶじょく》されたとあっては、引きさがることはできぬ」

「誤解である。だれが遠来の客を、なにが愉快で侮辱するものか」

「ええい、いまさら言訳《いいわけ》など聞かぬ」

「いかようにいたせば、御寛恕《ごかんじょ》いただけるのであろうかな」

「まず無礼を詫びられよ」

「礼を失しておらぬのに、詫びる必要はなかろう」

「そこまで愚弄《ぐろう》されては、看過《かんか》することはできぬ」

「いかがいたせば気がすむ」

「かくなるうえは、尋常《じんじょう》に勝負するほかはあるまい」

「お受けしよう」

ガシャッとおおきな音がした。餌を食べ終わった軍鶏を唐丸籠に移し、鶏小舎の掃除を始めるまえに、練餌用の大鉢を片付けようとした亀吉が、思わず落としたのである。

二人はそちらを見もせずに話を進め、翌朝七ツ半（五時）に並木《なみき》の馬場《ばば》での果たし合いを決めた。

「ところでその軍鶏だが」

「黄金丸《こがねまる》か」

「黄金丸？」

「さよう、黄金丸だ。見せてやろう、この世の名残《なごり》にな」

不敵に笑った鳥飼は鳥籠から軍鶏を出した。窮屈な場所から出て自由になった黄金丸は、翼をおおきく拡げ、ゆっくりと打ち振った。南国の強い陽光のもとで、その蓑毛は燦然《さんぜん》たる輝きを見せた。

「おお、これは！」

息を呑むほど美しい。

その軍鶏の頸筋をおおった蓑毛は、猩々茶よりずっと薄くて橙色《だいだいいろ》というより、ほとんど黄色にちかく、しかも明るい。陽光を受けて、黄金色の金属光沢を放っていた。

黄金丸という名を聞いて黙っていられる訳がない。いつの間にか権助と亀吉が仕事を中断して、喰い入るように軍鶏を見ている。

「まさに黄金丸としか言いようがないな。だが」と、源太夫はそこで言葉を切った。

「このあと、だれが世話をする」

「拙者《せつしや》が死ねば、と言いたいのか。その心配は無用だ」

「とも言い切れぬ」

「要町《かなめまち》の東雲という旅籠《はたご》に投宿しておる。そこに預けておく」

「相わかった」

源太夫がそう言うと、鳥飼唐輔は黄金丸を狭苦しい鳥籠に押しこめながら、その手をふと止めると薄笑いを浮かべた。

「鶏合わせから秘剣を編み出したとのことだが、それがしも軍鶏については、調べ尽くしておる。蹴殺しとの対決が楽しみであるな」

鳥飼は籠の蓋をすると立ちあがった。

「では、約を違《たが》えるなよ」

「そっちこそな」

鳥飼の姿が消えるなり、権助が源太夫に言った。

「東雲に預けておくと申しましたな。黄金丸がどんな闘い方をする軍鶏か、これは楽しみです」

源太夫の身を案じている訳ではないのだ。しかも黄金丸が手に入ると確信して、心を躍《おど》らせているのである。

――この男には勝てぬ。

その権助が言った。

「驚きましたです。あれほど躊躇いなくお受けなさるとは、思いもしませんでした」

「ねらいがわかっておるのに、あれこれと遣りあうのはむだというものだ」

「ねらい、と申されますと」

「黄金丸は餌にすぎん。本物の軍鶏好きなら、あのような籠に入れて持ち運んだりはせぬ。いつ鍛え、いつ休ませるのか。それより餌はどうするのだ」

「やはりおわかりでしたか」

ということは、権助も見抜いていたのである。

「鳥籠では窮屈なので、唐丸籠に移しましょうかと申したのですが」

軍鶏には、ときおり翼をおおきく開いてゆっくりと打ち振り、体をほぐす習性がある。それをやらないと、いざというとき敏捷《びんしょう》な動きができない。血の流れが滞《とどこお》り、筋肉の柔軟さが保てず硬くなるからだ。

狭くてとてもそんな余裕がなさそうなので、権助は訊いたのである。

「あの御仁、軍鶏の料簡《りょうけん》がわかっておらぬと思いました」

「とすれば、期待はするな。黄金丸は単なる看板で、見てくれだけの駄鶏かもしれんぞ」

「それを知るためにも、闘わせてみませんことには」

「もう、手に入れたつもりでおるな」

「いけません。掃除の途中でした」

権助が一礼して離れようとすると、亀吉がその肘を摑んだ。

「権助はん。変わった色やけんど、なんちゅう色で」

「さあ」と、権助は首をひねった。「特に色が薄うて明るいが、やはり猩々茶になるのだろうな」

陽光を受けて頸の蓑毛は黄金に輝いたが、敢《あ》えて分類すれば、赤褐色を意味する猩々茶としか言いようがない。

「金茶色ともちがうしなあ」

権助はふたたび首を傾げた。

二

七ツ半、薄明の並木の馬場である。すでに何度か果たし合いをおこなった源太夫にとっては、なじみの場所だ。

三間の距離を置いて対峙する鳥飼唐輔と岩倉源太夫。立会人は狭間銕之丞《はざまてつのじょう》と岡本真一郎《おかもとしんいちろう》の二人であった。

弟子の狭間を立ちあわせることにし、目付の岡本に届けると、自分も見ておきたいと言ったのである。

ほかに知る者は、妻のみつと下男の権助、その見習いの亀吉だけであった。以前は有望な弟子に自分の闘い振りを見せ、技の習得に役立たせようとしたが、その後、考えが変わった。剣技を磨くことは、それによって心が歪むのを防ぐためにほかならない、と思い至ったのだ。とすれば人を殺す場面を、いたずらに見せるべきではない。

向きあった二人はともに静かであった。気負いもない。源太夫は両手をだらりとさげ、足を肩の幅に開いて、膝をわずかに曲げている。相手のどのような動きにも対処できる、かれが工夫《くふう》を重ねた末に得た構えであった。

鳥飼も源太夫に相似の構えである。仕掛ける呼吸を計っているのかとも思ったが、どうやらそうでもないようだ。

城山裏の森から飛び立ったらしい水鳥が数羽、啼き交わしながら、餌を漁《と》るためだろうか、花房川を目指して飛んで行った。

膠着《こうちゃく》状態が続き、時間だけが静かに流れて行く。

馬場に着いたときには、東方の山々の稜線が切り絵のようにくっきりと浮き出ていた。それ以外は闇であったが、いつしか天頂は藍《あい》色から濃い青に変わっている。すでに四半刻（約三十分）はすぎただろう。

——いつまで待ってもおなじであるな。とすれば仕掛けるしかないか。

源太夫が蹴殺しの想を得たのは、大身旗本秋山勢右衛門《せいえもん》の飼っていた、イカズチの闘い振りを見てである。

イカズチは間を読んで攻めの裏をかき、攻撃が空振りに終わって狼狽した相手が、一気の攻めに転じる瞬間をねらう。敵の勢いを利用して、こちらの攻撃力を倍加させるという戦法である。

その後、源太夫は何通りもの蹴殺しを、自分の技とすることができた。その基本は、相手の力を利して倍の力と成し、一瞬にして倒すという一点にあった。

鳥飼は軍鶏については調べ尽くしていると言明し、蹴殺しとの対決が楽しみであるな、と嘯《うそぶ》いたのである。

しかし、軍鶏とその闘い振りを研究し尽くしたとしても、軍鶏の本質を見抜いた訳ではないだろうと、源太夫は見ていた。

とはいうものの、これまでの挑戦者とは勝手がちがう。

攻撃の、間あいをねらっているのではなさそうだ。待っているのである。源太夫が仕掛ける瞬間に切り返す、ひたすらその一瞬を待っているのだとわかった。

——これまで闘った中で、わしに一番近い敵手《あいて》かもしれん。

焦《じ》れた訳ではないが、相手の動きを引き出すために、源太夫は自分から動いた。突進しながら抜刀し、大刀と右腕を地面と水平に一直線に伸ばす、そう見せかけて停止した。まえに出る勢いが強烈なため、相手は後退したと錯覚する。

敵は誘いに乗った。睨んだとおり待っていたのである。その一瞬の間を隙と取り、一気の攻めに転じたのだ。鳥飼が跳躍《ちょうやく》して体重を乗せ、両腕で振りおろすよりも早く、源太夫は片腕で突き通した。

それを避けた相手はこれまでいなかったが、切っ先に鳥飼の体はない。間一髪で躱《かわ》したのである。しかし右頬が二寸ほど裂けて、そこから血が滴り落ちた。

蒼白な顔があった。なんとか躱したが、その速さと鋭さに驚愕《きょうがく》したのが感じられた。そこに乗じない手はない。源太夫は矢継ぎ早に突き、打ちおろし、横に薙《な》ぐ連続技を繰り出した。ひたすらに攻め続けたのである。しかし確実な手応えは感じられなかった。

源太夫は剣を八双《はっそう》に引き付けて、呼吸を整えた。右下手に構えた鳥飼も、おなじように静止したままである。相手も呼吸は荒い。

鳥飼の着た物は、あちこちが切り裂かれて血が滲《にじ》んではいるが、どれも浅傷《あさで》である。頬だけでなく、手の甲や肩からも血が流れていた。

源太夫は自分の攻めと鳥飼の受けを、すばやく洗いなおしてみた。すると、一度も反撃らしい反撃を受けていなかったのである。相手はひたすら躱す戦法に徹していたのだ。

とすればねらいは明らかだった。こちらが疲労するのを、じっと待っているのである。そして一瞬の隙をねらって、必殺技を繰り出す気なのだ。しかし、これだけ源太夫の攻撃を躱し続けた者は一人しかいない。

——立川彦蔵《たちかわひこぞう》と変わらぬ腕だ。

藩主に、岩倉以外に倒せる者はいないだろうと、名指しで上意を受けて対決したのが立川彦蔵である。死闘を繰り広げ、双方が満身創痍《そうい》になりながら、源太夫はなんとか彦蔵を打ち倒した。ひとつまちがえば、死んでいたのは自分であった。

おなじ轍《てつ》を踏んではならない。

自分が攻撃を再開するのを、鳥飼は待っている。源太夫がまだ、かれの反撃を躱せないほど疲労していないことを、知っているからだ。相手からは攻めてこない。こちらが手を出すのを、ひたすら待っているのである。

——では、その期待に応えてやろうではないか。

源太夫は八双の構えを上段に移し、ゆっくりと刀身をさげて正眼《せいがん》とした。続いて、柄を握った左手を外して鞘を摑むと、静かに大刀を収めた。

意表を衝《つ》かれたからだろう、鳥飼は目を見開き、続いて細めた。誘いと見たからか、やはり仕掛けてはこなかった。

両手を左右に垂らすと、源太夫はそのまま相手に向かって歩を進めた。

一歩、二歩、そして三歩と。

それにはさすがに驚いたようだが、それ以上待つことはしない。鳥飼は刀を構えているのに、源太夫は柄に手を掛けてもいないのである。千載一遇《せんざいいちぐう》の好機到来と、提げていた大刀を一気に上段に振りかぶった。

いや、振りかぶろうとすると同時に、源太夫は地を蹴りながら抜刀し、鳥飼が振りおろすより早く、斜めに切りあげると右へ飛んだ。たしかな手応えがあった。蹴殺しに磨きをかけるために、居合術の田宮《たみや》道場で修練に励んだ甲斐《かい》が、あったというものだ。

左上腕に痛みが走るのを感じたが、それよりも早く、源太夫の大刀が相手の咽喉を切り裂いていた。おびただしい血を吹き散らしながら、鳥飼は体を大地に叩きつけ、おおきく弾んでから動かなくなった。止《とど》めを刺すまでもなく、即死であった。

狭間銕之丞も岡本真一郎も血の気の失せた顔をしているが、銕之丞のほうが一瞬早く、懐から手拭いを取り出した。駆け寄ると源太夫の左腕を縛りあげたが、それはすぐに朱《あけ》に染まった。真一郎も手拭いを取り出すと、腕の付け根をきつく縛りあげた。

「すぐに医者に診《み》てもらわねば」

鋏之丞の声は上ずっている。死闘に胸が塞《ふた》ぎ、鮮血を見たことで気が動転したのだろう。

「この程度の浅傷なら、権助に任せれば安心だ。鋏之丞は検視の役人が来るまでここにいてくれ。立ちあった上ですべてがすめば、正願寺に運ぶことになっている。経をあげてもらい、書面が整えば無縁墓地に葬ってもらうが、恵海和尚には話を通じてある」続いて源太夫は目付の岡本に言った。「届けはのちほど」

「傷を負われたのだ。わたしが作成しておきます」

「届けとなれば、そうも参りますまい」

「内容を確認していただき、署名のみという方法でも、事情が事情ですので差し支えありません」

「かたじけない」

では、あとをたのんだぞと鋏之丞に言い残し、並木の馬場を出ようとすると、権助が手拭いを目に当てて立っていた。

以前の果たし合いのおり、西へ向かう街道が寺町を抜けて来た道と合流する辺りで、権助が待っていたことがあった。

鳥飼との勝負が長引いたので、つい心配になって並木の馬場にまで来てしまい、途中から見ていたのかもしれない。いや、一部始終を見た可能性すらあるのだ。もっとも距離があるので、細かなことまではわからなかっただろう。

「大旦那さま」

「手古摺《てこず》ってしもうた。軍鶏から学んだ者はちがうということか」

「それより、お怪我を」

「立川どの以来だな、手傷を負ったのは。それより権助」

「へい」

「おまえはすぐ東雲に走ってくれ」

「こんなときに、なにをおっしゃいます」

忠実な下僕は、とんでもないという顔をした。

「黄金丸を一刻も早く見たいのだ。おまえもおなじ思いであろう」

権助は躊躇いながら、左腕に巻かれた血塗《ちまみ》れの手拭いを見、源太夫の顔を見、ふたたび手拭いを見た。

「黄金丸だぞ、権助。黄金丸がどんな闘いをするか、見たくはないのか」

「黄金丸と申されましたが、一体それは」

目付の岡本真一郎は、主従の会話が理解できずにとまどっている。

「岡本どのはご存じなかったな。軍鶏でござるよ、あの男が連れていた」

「軍鶏ですと」

「さよう。蓑毛、つまり頸の羽毛が金色《こんじき》に輝く、それはみごとな軍鶏でな」

「軍鶏の話ですか。果たし合いを終え、しかも相手を斬り倒したばかりだというのに」

「そのうちに、岡本どのにも黄金丸の闘い振りをお見せいたそう」

「いやはや」

あきれ果てたという顔で、岡本は首を振り続けた。

「権助。軍鶏の世話は亀吉がやっているのだろう」

「へえ」

「であれば、おまえは急ぎ東雲へ」

「かないませぬなあ、大旦那さまには」

権助は岡本と目を見あわせて苦笑した。

三

源太夫は無言のまま、黄金丸の闘い振りを見詰めていた。そして興奮に心が震えるのを、どうすることもできなかった。

——やはり、な。

逸《はや》る気持を抑えながら、まる一日半、待ち続けた甲斐があったのだ。

前日、権助から鳥飼唐輔のことを聞かされた東雲の主人は、さすがに驚いたらしい。

鳥飼が投宿したのは、岩倉道場に姿を見せた日の前日、七ツ（午後四時）ごろであったそうだ。主人が宿帳に記入を終えると、鳥飼は余り物の飯でいいから、深めの器に入れて持って来るようにと言った。

「お食事でしたら、のちほどお部屋にお持ちいたしますが」

主人がそう言うと、鳥飼は顎で鳥籠を示した。

「黄金丸にやるのだ」

「黄金丸？　ああ、軍鶏の餌」

土間に置いてあった鳥籠を提げて、鳥飼は裏庭に出た。

主人は使用人には命じないで、残り物の飯や煮物を入れた丼鉢を手に庭に廻った。浪人者が気になったのと、連れている軍鶏に興味が湧いたからである。

「気が利くな」

鳥籠から出した黄金丸を見ていた鳥飼は、主人が手にした丼鉢に、残飯だけでなく野菜の煮物や、刻んだ菜っ葉が盛られているのを見て、満足げに片頬をゆるめた。

餌を地面に置くと、黄金丸は空腹だったのだろう、たちまちガツガツと喰い始めた。乱暴につつきながら頸を振るので、餌が周りに飛び散るという、軍鶏特有の喰い方である。

それを見ながら鳥飼が言った。

「旅籠なら鶏を飼っておろう」

客に供する料理に使う卵を得るため、鶏を飼う旅籠は多い。

「へえ」

「小舎に空きはないか」

「と、申されますと」

「一晩中、閉じこめておくわけには参らん」

そう言って、鳥飼は鳥籠を示した。

軍鶏はいっしょにするとたちまち喧嘩を始めるので、小舎も一羽ごとに区切ってある。鶏の雄も喧嘩はするが、それは序列が決まるまでであった。軍鶏のように、どちらかを倒すまで闘うわけではない。

「雄《おん》も雌《めん》もいっしょくたに入れとりますので、区切るとなると大仕事に」

と言うのは口実で、何日泊まるかわからぬ客のために、そんな手間は掛けたくないというのが本音だろう。

「もっとおおきな籠はないか」

ふたたび鳥飼は、黄金丸を入れていた籠に顎をしゃくった。

旅籠のあるじは物置から、なにに使ったのかも定かでない、古い籠を探し出してきた。

受け取った鳥飼は、黄金丸が餌を喰い終わるのを待って籠を被せた。唐丸籠ほどおおきくはないが、中で自由に動くことができる。

「籠を被せたまま、朝まで鶏小舎に入れておけ」

あるじは、これ以上の面倒はごめんだという顔をした。

「鼬《いたち》に襲われるやもしれんのに、一晩中、庭に出しっ放しにはできんだろうが」

もっともな意見なので、日が暮れればそのようにするとあるじは約束した。

風呂を使い、食事をすませた鳥飼は酒を命じた。客への興味もあって、あるじが酒と肴を運んだ。

「お客さまはもしかして、軍鶏道場においでるのでは」

「軍鶏道場？」

「岩倉道場ですが、土地《ここ》の者《もん》はだれも軍鶏道場と。いえ、軍鶏をお連れなので、あるいはと思いまして」

「岩倉源太夫どのの道場だな」

「岩倉さまをご存じで」

「大層な遣い手と聞いておる」

「それはもう」

客が地元の剣豪を知っているとわかり、あるじは嬉しくなったのだろう、わが事のように自慢を始めた。

気がつくと一刻を越えていた。

翌朝、鳥飼唐輔は鳥籠に黄金丸を入れて、五ツ半（九時）ごろに宿を出た。もどったのは八ツ（午後二時）すぎだが、すこぶる上機嫌だったという。

さっそく裏庭に出ると、黄金丸を鳥籠から出し、よく厭《あ》きないものだと感心するくらい長いあいだ見入っていた。

その夜、鳥飼は宿賃を清算し、翌朝は八ツ半（三時）すぎに出るが見送らなくてもよい、と言った。二刻ほどでもどる予定なので、黄金丸を預かってもらいたい、とも言ったのである。そして、軍鶏道場の使いの者が来た場合は渡してかまわぬ、とつけ足した。

さらに鳥飼は、並木の馬場の位置と道順、そこまでの所要時間を訊ねたのであった。

あるじは七ツ半（五時）に目覚めたが、すでに鳥飼の姿はなかった。そのときかれは、不意に思い出したのである。源太夫が挑戦を受けて果たし合いに応じた場所は、並木の馬場が一番多かったことと、時刻はほとんどが早朝であったことを。

鳥飼は八ツ半すぎに出ると言った。とすればまちがいないだろう。案の定、二刻がすぎたがもどらなかった。

気を揉んでいるところに権助が現れ、投宿していた浪人が預けていた軍鶏を、岩倉道場で引き取ると言ったので、あるじはほっとしたのである。

権助は黄金丸を、鶏小舎の籠から鳥籠に移して持ち帰った。ところが、庭の床几に坐って源太夫が待っていたので驚いてしまった。

黄金丸を唐丸籠に移すよう言われた権助は、命令を無視して、直ちに源太夫の傷の手当てに取り掛かった。下女のサトが湯を沸かし、みつが金瘡《きんそう》用の軟膏《なんこう》、白布、包帯、焼酎《しょうちゅう》を用意していたので助かったが、それよりも傷が予想より浅かったので安堵した。

権助はどのような事情で身につけたのかわからないが、驚くほど手際《てぎわ》がよかった。源太夫はそのさまを市蔵と幸司にも見せた。いつどこでだれかの手当てをしなければならなくなるか知れぬし、自分が傷を負うこともある。そのおりに狼狽するようなことがあってはならない。

二人は開いた傷口を見て、さすがに驚いたのだろう、目を見開いて言葉を発することもできぬふうであった。

権助は血を拭い、傷口を焼酎で洗って軟膏を塗ると、白布を当てて包帯で縛った。

「浅傷なので問題ありませんが、三日のあいだは道場に出ないようにしてください」

「相わかった」

源太夫がすんなりと応じたので、権助は意外に思ったが、それには理由があった。

「黄金丸の鶏合わせを見ておきたいのでな」

「とんでもない。狭い鳥籠に閉じこめていたのですよ。しばらくは楽にさせて、ようすを見ませんことには」

「今日はだめか」

「当然です」

「いつならいい」

「まるで市蔵若さまか、幸司若さまのようでございますな」

「一昼夜も経《た》てばよかろう」

「まあ、ぎりぎりでしょう。さて」

権助は空いている唐丸籠を亀吉に持って来させると、鳥籠に入れられたままだった黄金丸を移してやった。窮屈でならなかったとでも言いたげに、黄金丸はおおきく翼を拡げ、何度かそれを繰り返した。

市蔵と幸司は、陽光を受けて蓑毛が金属光沢を放つ黄金丸を、目を丸くして見ていた。

それが前日の朝である。

まる一日半、源太夫は待ち続けたが、その期待は裏切られることがなかった。土俵では二羽の軍鶏が目まぐるしく動き、闘いを繰り広げている。その一羽は黄金丸で、ときおり蓑毛が、纏《まとい》の馬簾《ばれん》のようにふわりと浮きあがった。

見ていた権助が首を傾げた。

「攻め方を知らぬのでしょうかね。ここぞというときが何度かあったのに、せっかくの好機《おり》を逃がしてしまいました」

「おまえには、黄金丸の真のねらいがわからんか」

言ったあとで、権助が源太夫と鳥飼唐輔との死闘を、離れた場所から見ていたことに思い当たった。やはり、相手の戦法まではわからなかったのだ。

鳥飼には、ちゃんと軍鶏を見る目があったのである。そして黄金丸から、かれなりに学び取り、それを闘いに取り入れていた。鳥飼は源太夫が疲れるのを待ち続け、誘いにも簡単には乗って来なかった。

黄金丸の闘い振りは、まさに鳥飼の技そのものだ。当然だろう、人のほうが鳥から学んだのだから。

どのような軍鶏であろうと、徹底的に攻め続ける。常に先手を取ろうとし、優位な位置を得るため、敵より高く跳びあがる。そして寸刻も攻撃を休めようとしない。

勝つのは攻めが鋭く速い方である。力が拮抗《きっこう》している場合には、体力と持続力のあるものが勝ちをおさめた。

イカズチや黄金丸のように駆け引きのできる軍鶏は、例外中の例外と言っていい。

闘鶏は続いていたが、やがて権助がつぶやいた。

「なるほど、そういうことですか」

「ようようわかったようだな」

権助は、なおも真剣に二羽の闘い振りを見ていたが、

「となりますと、そろそろですね」

疲れ方の差が出始めていた。攻撃を躱すばかりだった黄金丸が、一気に反撃に出るのは時間の問題だろう。

「そこまで」

源太夫のひと声で、手伝っていた亀吉と弟子の一人が二羽を分け、土俵の外に出して唐丸籠を被せた。

止めなければ、ほどなく黄金丸は倒していたはずである。相手は嘴をおおきく開けて喘《あえ》いでいたが、黄金丸の呼吸はさほど乱れてはいなかった。

四

権助は心得ているので、道場で稽古を付けている源太夫を呼びに来ることはまずない。よほどの急用か重職からの使いでもないかぎり、しばし待ってもらうか、追ってこちらから連絡することにしていたからだ。

弟子の一人に言われて裏口を見ると、権助にしては珍しく困惑顔で、背伸びするようにこちらを窺っている。源太夫は出口に向かった。

「いかがいたした」

権助は声を落として言った。

「惣兵衛《そうべえ》さんに黄金丸を」

軍鶏を通じての同好の士である老爺《ろうや》が、前触れもなくやって来たのだとわかった。惣兵衛は、呉服《ごふく》町の太物商《ふとものしょう》「結城屋《ゆうきや》」の隠居である。

「そうか。ま、止むを得まい」

それがわざわざ呼びに来るほどの用件かと首を傾げたが、軍鶏のことなので報せるべきだと、忠実な下僕は判断したのだろう。

「お話を伺うまではと、帰ろうとなさいません」

源太夫は黄金丸のことを、惣兵衛にはしばらく伏せておこうと思っていた。もちろん隠し通す気はない。軍鶏としての特性を見極めてから、披露するつもりでいたのだ。

惣兵衛の雌鶏と掛けあわせ、強く美しい軍鶏を得ることも、視野に入れていた。ただそのまえに自分の飼っている雌鶏と番《つが》わせて、どんな雛が得られるかを見るのが先であった。

源太夫は組屋敷時代に、軍鶏を仲立ちに惣兵衛と知りあい、以来交流が続いている。互いに訪れあう仲であったが、通常は使いを出して、相手の都合を聞いてから会うようにしていた。

鶏合わせを終えた軍鶏は、小舎を薄暗くして休ませる。闘いで疲憊《ひはい》しているため、動かさずにじっとさせ、ひたすら体力の回復を図るのだ。

惣兵衛にもわかっているので、莚《むしろ》が掛かっていれば鶏合わせを終えたばかりだと心得ていた。それを利用して、惣兵衛が来るとわかれば、目につかないようにしようと考えていたのである。

しかし迂闊《うかつ》であった。通り掛かりに寄ることも、考えておかねばならなかったのである。

——待てよ、そうではなかったのやもしれん。

惣兵衛が連絡もなく訪れたことは、これまで一度もなかった。ということはたまたま黄金丸のことを耳に挟み、我慢できずに来たと考えたほうが自然だ。

源太夫が鳥飼唐輔を討ち果たしたことを、目付の岡本真一郎と弟子の狭間銕之丞が、不用意に洩らすとは思えない。検視の役人からの線も考えにくかった。

となると旅籠東雲の主人だ。噂好き、話し好きのあるじが、黙っていられる訳がないのである。

美しい軍鶏を連れた浪人が、東雲の客となった。前後の話をつきあわせると、並木の馬場で源太夫と果たし合いをし、倒されたらしい。軍鶏は岩倉道場の権助が、引き取りに来たのである。

それが噂となって流れ、惣兵衛の耳に入ったのだろう。となると、軍鶏狂いのご隠居が冷静でいられるだろうか。否《いな》だ。

惣兵衛は前触れもなく寄って、たまたま黄金丸を目にしたのではなかった。最初からそれを目的にやって来たと考えて、まちがいないだろう。

下駄を突っ掛けて庭に出ると、唐丸籠に見入っていた惣兵衛が、源太夫に気付いて笑みを浮かべた。

「見事な、それにしても見事な軍鶏でございますね」

「ご隠居は、黄金丸は初めてであったか」

「黄金丸！　黄金丸ですか。なるほど、黄金丸としか言いようがございませんですね」

問いの答にはなっていないが、それほど興奮しているということである。

惣兵衛が見惚《みと》れるのもむりはない。日向に置かれた唐丸籠の中で胸を張って立つ黄金丸は、蓑毛を金色に光り輝かせていた。

「拝見するのは初めてですが」と、惣兵衛はようやく問いに答えた。「ところで、いかにして」

手に入れたのかと問いたいのだ。口調はおだやかだが、いくらか詰問の意味がこめられていた。

源太夫が金品を賭けた鶏合わせをしないことと、成鶏、若鶏、雛のいずれであっても、売り買いに応じないのを惣兵衛は知っている。軍鶏が命懸《いのちが》けの闘いをしているのに、賭博の対象にするなど論外で、単なる物とは言えない生き物を金銭で売り買いするのは、人たる者のすべきことではない、が信条であることを、である。

惣兵衛と源太夫は、互いが手塩に掛けた雄と雌を掛けあわせて、産んだ卵を配分していた。若鶏になると優劣が明らかになるし、雛から能力の片鱗《へんりん》を示すものもいる。卵の段階では力量は、いや雄か雌かすらわからないので、運の善《よ》し悪《あ》しはあっても不公平にならない。

そのようにして分けあった卵を、源太夫は矮鶏に抱かせて孵《かえ》した。惣兵衛は育雛《いくすう》箱に入れて孵化《ふか》させ、付きっきりで育てる。当然、相手が来ればそれらの雛を見せあった。そのため惣兵衛は、源太夫が飼っている軍鶏について、その血統と来歴を知っていた。

だからこそ惣兵衛は言いたいのだ、源太夫がいかにして黄金丸を手に入れたのか。そしてなぜ、いままで隠していたのか。少なくとも、見せようとしなかったのか、を。

およそのことは知っていたとしても、源太夫の口から直接聞きたいのである。当然、自分はそれを知る権利がある、と惣兵衛は言いたげだ。

「このあと、所用はおありか」

そう言っただけで、惣兵衛は意味を汲み取ったらしく、顔を輝かせた。

「であれば、黄金丸についてお話し致そう」

源太夫は亀吉に高弟を呼びにやらせ、指示するとあとの指導を任せた。その間も、惣兵衛は涎《よだれ》を垂らさんばかりにして、黄金丸に見入っている。

「母屋で茶を喫《きっ》しながらとするか」

惣兵衛は源太夫の言葉に、名残惜しそうに唐丸籠のまえを離れた。

座敷にはあがらず、二人は濡れ縁に腰をおろした。すぐに下女のサトが茶を運んだ。

サトはなにも言わずに茶碗を置くと、お辞儀をしてさがった。

もちろん源太夫は、鳥飼唐輔について詳しいことは話さない。

軍鶏を連れた浪人者が、鶏合わせを申し入れた。ところが話しているあいだに、侮辱されたと勘ちがいし、真剣勝負を挑んできた。

「恐ろしゅうございますね、浪人さんは。あるいは最初から、そのお考えだったのではないでしょうか」と言ってから、惣兵衛は続けた。「ところで、黄金丸は」

要するにご隠居も権助とおなじで、黄金丸にしか関心がないのである。もっとも源太夫が元気であり、黄金丸を得たということは明らかなので、斬りあいについて訊こうとは、思わなかったのかもしれない。

腕に包帯は巻いているが、着物に隠されている。日ごろの鍛え方がちがうからか、権助の手当てがよかったためか、快復が早く着衣の上からはわからない。

源太夫が黄金丸を手に入れるまでを、簡潔に話し終えるなり、惣兵衛が訊いた。

「とすると、すでに試されたのでしょうな。で、どんな闘い振りでしたか、岩倉さま」

「と言われてもなあ」

「次回はいつでございましょう」

黄金丸の鶏合わせを、ぜひ見せてもらいたいとの含みである。

「まあ、追い追いにとは考えておるのだが」

「何羽か連れてまいりましょうか」

「それには及ばん。こっちにも味のあるのがいくらもおるでな」

のらりくらりと受け流していると、ご隠居は話題を切り替えた。

「わたくしの飼っております雌に、黄金丸と掛けあわせればいいのを産みそうなのが、何羽かおりまして。いやいや、どれにしたらいいかと、迷ってしまいますですよ」

「それはわしにしてもおなじだ。あれこれ組みあわせを考えておると、夢が膨らむばかりでな」

結局、惣兵衛は鶏合わせの見学や番わせ方に関して、源太夫から具体的な約束を引き出せぬまま、帰るしか方法がなかったのである。

五

「軍鶏を飼うお人がこれほど多くなるとは、考えることもできませなんだ」

権助がふと洩らしたが、まさにそのとおりであった。

――一概に増えればいいというものでもないのだが。

それが源太夫の正直な気持である。なぜなら、その多くが賭博が目的だからだ。

江戸勤番を終えた源太夫が軍鶏を連れて園瀬にもどったころは、軍鶏を飼っている者はあまりいなかった。もっとも、当時は組屋敷でひっそりと飼っていたので、かれの軍鶏もごく一部の者にしか知られておらず、交流がなかったということもある。

堀江丁《ほりえちょう》に道場を開いて弟子を持ち、人の出入りも多くなったころから、徐々に軍鶏に関心を抱く者が増え始めた。実際に美しさや逞《たくま》しさ、闘い振りを見て心を奪われ、自分も飼ってみたいと思うようになったのだろう。

源太夫が鶏合わせに想を得て秘剣蹴殺しを編み出し、対決した相手を倒したことも知られるようになった。

ところで、軍鶏の魅力を知らしめた最大の功労者は権助であった。

一度に八個から十個の卵を矮鶏に抱かせ、孵して育てるが、その中で残せるのは雄雌をあわせてもせいぜい一、二羽であった。一羽も物にならぬこともある。闘っているうちに致命的な怪我を負ったものも、処分するしかない。

残せない軍鶏は潰すが、役目は権助の受け持ちである。亀吉が弟子になってからも、さすがにそれはやらせていない。

いくら割り切ってはいても、毎日餌を与え、鶏小舎を掃除し、古い盥《たらい》に微温湯《ぬるまゆ》を張って筋肉を揉みほぐしてやり、雛から育てた身にとっては堪らなく辛いはずだ。

庭の片隅に軍鶏塚を作って供養《くよう》していることからも、それがよくわかった。

そのため、源太夫の弟子や道場に出入りするだれかが、少しでも関心を持つと、権助は相手が飼いたくなるよう、言葉巧《たく》みに持ち掛けるのである。餌や飼育法について、懇切丁寧《こんせつていねい》に教えることも忘れない。

こと軍鶏に関しては、園瀬の里の中心的な場が岩倉道場であった。あるじの源太夫が、職業や身分にいっさい拘《こだわ》らないこともあって、多くの人が出入りする。藩士だけでなく、惣兵衛のような商家のご隠居もいれば、大工の留五郎《とめごろう》のような男もいた。

留五郎は自分でも飼っているのだが、駄鶏ばかりであった。そのため「軍鶏ぉ、見せてもらいに来ました」と、頻繁にやって来る。「道場《どうじょ》の軍鶏は粒揃いやけん、見るだけでも楽しいて」が口癖で、権助が雛を譲ってやると、壊れた塀などを修理《なお》してくれた。

軍鶏を育てていれば、飼うだけでは満足できなくなる。どうしても闘わせずにいられないし、やる以上は自分の軍鶏に勝たせたい。そうなると、強い軍鶏がほしくなるのだ。

源太夫が厳格なのを知っているので、金を賭けての鶏合わせや売買をする者はいない。だがそれは建前《たてまえ》で、だれもがそれを守っている訳ではないことを、源太夫も知っている。

交換だけでいい軍鶏が得られる訳でないとなれば、金を払ってでも得ようとする者がでてくるのは当然であった。また鶏合わせは金を賭けてこそおもしろいし、熱中できるのである。

自分は賭けや売買をやらないが、源太夫は他人に強制はしなかった。人それぞれの考えがあるからだ。弟子には自分の考えを伝えてあるので、背《そむ》く者はほとんどいない。だが隠れてやっている者がいても、破門どころか叱ることさえしなかった。

う。

「黄金丸を見せてつかはるで」

惣兵衛が源太夫から確約を取れずに帰った翌朝、六ッになるかならぬかにやって来たのは留五郎であった。惣兵衛か、でなければ旅籠東雲のあるじにでも聞いたのだろう。

権助か亀吉が餌箱に餌を落として行くのについて廻りながら、源太夫は個々の軍鶏の体調を見る。その日課の始まりに、庭に駆けこみながら、あいさつも抜きでそう言った。

「留五郎には勝てぬのう」

源太夫が苦笑混じりに言うと、

「きれいな軍鶏じゃっちゅうことやけんど、やっぱり強いんで？」

源太夫が信条としている、「強い軍鶏は美しく、美しい軍鶏は強い」を思い出したのだろうが、随分と失礼な言い方であった。しかし源太夫は怒らない。留五郎は鶏小舎を覗きこみ、仕切りの中の軍鶏を見て廻る。

「おった、おった。これかいな。へーッ！」

歓声をあげたところに、陽光が小舎に射しこんだ。

「ほんまじゃ。金色に輝っきょる」

あとは言葉にならず、喰い入るように顔を押しつけている。

それが口火となったかのように、人が集まり始めた。

まず、弟子の出足が普段より早かった。道場に入って壁の名札を裏返すと、稽古着に着替えるよりさきに庭に出て来た。軍鶏を飼っている連中である。

「黄金丸は？」

かれらはまず権助や亀吉にそう訊いた。やはり目的は黄金丸であった。噂が拡がるのは思ったよりも早いようだ。

軍鶏たちが餌を喰い終わると、亀吉は黄金丸を唐丸籠に移し、庭の中央に出した。そうでもしなければ、鶏小舎のまえに人が集まって、作業のじゃまになるからだ。人は黄金丸の籠まえに移動し、それ以後、籠の周囲には人だかりが絶えなかった。

「おや、お珍しい」

権助のあいさつで、しばらく姿を見せなかった弟子が、久し振りに来たことがわかる。弟子筋だけでなく、軍鶏を飼っている豪農や職人の親方などもやって来た。黄金丸という名前を聞いただけで、軍鶏好きは見たいと思わずにいられないらしい。

下城時刻の七ツをすぎると、役職に就いて稽古に来なくなった、かつての弟子たちも姿を見せた。噂が噂を呼んだのだろう、見物人の絶えることはなかった。

そして旬日《じゅんじつ》がすぎても、訪れる者は減らなかったのである。惣兵衛と留五郎も、時間を作っては顔を見せた。だれもが、黄金丸の闘い振りを見たかったからにちがいない。

いつ鶏合わせをおこなうと言えば、混雑するのは必定なので、源太夫も権助も明言しなかった。

「なにしろ、生き物だし、相手もいることなので、人の都合だけでは決められんのだ」

どうやら、曖昧な言い方をしたのが誤算であったらしい。ともかく見逃したくないという連中が、なにかと理由を作っては、庭に詰めるようになったのである。

当然であるが、源太夫は弟子の指導を最優先させている。その隙間を縫うようにして若鶏を鍛え、成鶏の技に磨きを掛けるよう訓練する。個々の体調を見ながら、組みあわせや試合時間を決めることにしていた。

場合によってはおなじ相手と短い時間、数日続けて闘わせることもある。日ごとに攻め方を変える軍鶏と、まるで変えないのがあるが、個々の特質を見抜くには良い方法であった。

もっとも気を遣うのは、力をつけてきた若鶏を、いつ、どの成鶏と試合させるかであった。それも現役にするか、咬《か》ませ、つまり技は多彩だが老齢のため長時間は闘えなくなった、かつての横綱級と組ませるか。

日々、すべての軍鶏を観察しながら、その都度《つど》決めてゆく。そしてほぼ毎日、さまざまに組みあわせを変えながら、一組から数組を闘わせるのである。

また軍鶏飼いのだれかから、鶏合わせの申し入れがあれば、状況にもよるが、基本的に応じることにしていた。金を賭けることはしないが、異なる鍛え方をされたり、血統のちがう相手との闘いをこなさなければ、強い軍鶏は育てられない。

そのため黄金丸の試合を見たいと集まった者は、ほかの軍鶏の鶏合わせを見ることになった。

源太夫は意地悪をした訳でも、もったいぶったからでもなかった。黄金丸にとって一番ふさわしいときを、そして相手を考えていたのである。

あれこれと技を身につけ、いよいよ成鶏の仲間入りができるかどうかという、人でいえば元服を終えたばかりの若鶏を、黄金丸にぶつけてみようと思ったが、迷いもあった。

権助に自分の考えを述べると、忠実な下男はしばし考えてから答えた。

「黄金丸のことですから、若いのが覚えたばかりの技を次々と繰り出すのを、ひたすら躱しながら、隙ができるのを、あるいは疲れるのを待つでしょうが」

「問題はそこだ。相手がおのれと同等かそれに近ければ、しばらくは攻めさせるだろう。だが、あまりにも未熟だと、一気に潰しにかかることも考えられる」

若鶏を育てるには、少し強い相手を当てるのが最善であった。差がありすぎて、完《かん》膚《ぷ》なきまでに叩きのめされると、自信を喪失して再起できなくなることがある。

「もっともそれで潰されるようでは、見こみはないのではないですか」

権助のそのひと言で、源太夫は心を決めたのである。

「よし、やらせてみよう」

「おりますか、いい若いのが」

「アカウマはどうだ」

「なるほど」

アカウマは赤馬と書くのだろうが、裏社会の隠語で放火、あるいは火そのものを指す。それが呼称となった若鶏の羽毛と羽根、特に蓑毛は、陽の光を受けると燃えあがる焔《ほむら》のように赤く輝いた。若鶏の中でも特に目立つ一羽である。

権助がにやりと笑った。

「黄金丸とアカウマとなると、響きもよろしい。好一番が期待できるでしょう」

そして数日後の八ツ（午後二時）、闘いの火蓋《ひぶた》が切って落とされた。

弟子が三人だけと、見物人が少なかったのも理由の一つであった。そのうちの一人に、なかなか鋭い見方をする中藤晋作《なかふじしんさく》がいた。源太夫が鶏合わせや味見（若鶏の稽古試合）をするとき、志願して助手を務める若者で、それぞれの軍鶏の持ち味をよく理解していた。

晋作が熱心に手伝うのは、良い若鶏をもらいたいからである。源太夫は味見をして、若鶏を残すかどうするかを決めるが、早めに見切りをつける駄鶏には、晋作は見向きもしない。残すかどうか迷っているようなのを、巧みに話をそちらに持っていって譲ってもらうのである。

「あれは残しておくべきだったと思いますが」

あとで権助に言われ、自分もそうだと思ったことが、何度かあったほどだ。

黄金丸とアカウマの攻防は、権助が言ったように好一番となった。もっとも攻めるのはもっぱらアカウマで、黄金丸は防ぐというより、ひたすら躱し続けたのである。

線香が燃え尽きるまでの四半刻、アカウマは次々と攻撃を繰り出し、黄金丸は躱し続けた。鶏合わせの醍醐味《だいごみ》を知らぬ者には、単調でつまらなかったかもしれないが、少しでもわかる者には、見応えのある闘いであった。

源太夫が右手を挙げて二羽を分けさせた。

「よく持ち堪えたな」

「たいしたものです、黄金丸もアカウマも」

顔を見あわせた主従は満足げな笑いを浮かべたが、中藤晋作がぽつりと言った。

「次もおなじように、黄金丸はひたすら躱し続けるでしょうか」

源太夫と権助は思わず顔を見あわせたが、なぜならかれらも、それを考えていたからである。おなじ条件で再度闘わせた場合、黄金丸はやはり自分は体力を使わずに相手が疲れるのを待って、一瞬の隙を衝いてケリをつけるか、それとも相手の力量を見極めているので、最初から倒しにかかるだろうか、と。

晋作は記憶力もよく、緒戦から源太夫が引き分けさせるまでの二羽の攻防を、微《び》に入《い》り細《さい》を穿《うが》って語ったらしい。「まるで見ているような気にさせられましたよ」と、だれかが言っていた。そのため、一戦を見ることのできなかった連中は、切歯扼腕《せっしやくわん》したのである。

たまたまその勝負を見ることのできた三人、特に中藤晋作は、なにかあると自慢したものであった。そうなると、だれもが黄金丸の闘い振りを見たいと思うのは当然のことだろう。

「わいは、変えんと思うなあ」じっと考えていた亀吉が言った。「いや、変えられんと思う」

六

「先生にお時間を作っていただけないかと、父が申しておりまして」

書院番の田貝万右衛門《たがいまんえもん》が、道場に顔を出すなり源太夫に打診《だしん》したのは、黄金丸を引き取った二ヶ月後のことであった。

書院番は城内の警衛《けいえい》を掌《つかさど》り、藩主の行列の前後に供奉《ぐぶ》するのが主な役目である。また六名が交替で宿直《とのい》することもあって、その役に就いてからは、万右衛門が道場に来る回数も時間も減っていた。それでも許すかぎり顔を出して、汗を流していたのである。

「早い方がよいのだろう。ご都合を伺っておいてくれ」

「先生がよろしければ今宵《こよい》にでも、とのことです。なにしろ隠居ですので、時間を持てあましておりまして。ご迷惑ではありましょうが」

「では今宵、六ッ半（七時）に伺おう」

「承知いたしました」

都合を訊きに来ただけらしく、万右衛門は稽古もせずに帰って行った。

田貝家は家老、家老が病気や怪我で休務のおりに代理を務める裁許《さいきょ》奉行、藩主側近筆頭別格の御側用人などを輩出《はいしゅつ》した、由緒《ゆいしょ》ある家柄である。

父親の猪三郎信定《いさぶろうのぶさだ》は聡明《そうめい》なだけでなく、剣槍《けんそう》、さらには馬術に秀でた人物であった。園瀬に五人、江戸に二人いる用人の一人で、近い将来まちがいなく家老になるだろうと噂されていた。

ところが家老付き中小姓だった嫡男《ちゃくなん》の忠吾《ちゅうご》が、猪三郎の決めた許婚《いいなずけ》がいながら、あろうことか下女と出奔《しゅっぽん》したのである。

猪三郎は直《ただ》ちに忠吾を廃嫡し、次男の強次《きょうじ》に家督を継がせ、息子すら律することができなかったのを理由に隠居を願い出た。その潔《いさぎよ》さが好感をもって迎えられ、かれ個人の失態に留まって、家の格下げ処置は免《まぬか》れることができた。

ほどなく強次は兄の許嫁であった女性を妻とし、名を万右衛門と改めた。家老となった何代かまえの名を継いだのである。

猪三郎は源太夫と同年輩なので、隠居ではあってもまだまだ若い。出世街道から外れ、ほどなく蒲柳《ほりゅう》の質の妻を亡くしたかれは、無聊《ぶりょう》をかこっていた。

そんな猪三郎の心を捉《とら》えたのが軍鶏である。たまたま訪れた岩倉道場の庭で、これまた偶然見ることになった鶏合わせが、かれの隠居生活に彩《いろど》りを与えることになった。無味乾燥だった日々が、一気に光輝に満たされたのである。

文武に秀でた猪三郎にとって、周囲に惑わされずにすっくと立つ軍鶏が、自分の姿と二重写しになったのかもしれない。

隠居なので時間は余るほどある。むしろ持てあましているほどだ。家督《かとく》は譲ったが、金にも不自由はしていない。

源太夫は、特別に優れている訳でもないが悪くもない、二羽の軍鶏を猪三郎に譲った。唐丸籠に入れたそれを、権助が田貝家まで大八車で運んだ。かれは角材や板なども持参して、庭に鶏小舎を作り、餌の材料や作り方と与え方なども教示した。

「わからないことがありましたら、いつでもお訊きください」

権助は親切心からそう言ったが、猪三郎が教えを請いに来たことは一度もない。なぜなら、それなりの理由があったからである。

忠吾は猪三郎の決めた許嫁と、母親の世話をし、彼女が嫁にと望んでいた遠縁の娘との板挟みに遭い、やけになって新地の遊廓《ゆうかく》で遊んで帰らぬことがあった。それを知った猪三郎は忠吾を座敷牢に閉じこめ、病気により登城できぬ旨《むね》、届を出したのである。

忠吾も強次も源太夫の弟子である。病気見舞いの名目で田貝家を訪れた源太夫は、猪三郎にけんもほろろの扱いを受けた。忠吾に会うことはもちろん、病気の仔細《しさい》についても聞かせてもらえなかったのである。

ほどなく忠吾は、下女と駆け落ちしてしまった。

そのような経緯《いきさつ》があったので、猪三郎としてはいくら軍鶏の虜《とりこ》になったといえども、源太夫や権助に教えを請うことは、意地でもできなかったのだろう。

ではどうしたのかというと、惣兵衛などの軍鶏飼いたちに接近したらしい。連中は、当然だが惣兵衛も軍鶏の売買をし、賭け勝負をやっていた。惣兵衛は源太夫とは卵を分けあい、金を賭けぬ勝負を楽しんでいるが、それはかれを特別扱いしていたからであった。

軍鶏を飼うからには、強い軍鶏を持ちたいと願うのは当然である。猪三郎は園瀬だけでなく、隣藩の軍鶏飼いたちを訪ね、買い求めていた。さらには中間を連れ、土佐《とさ》、河内《かわち》、和歌山《わかやま》などへも旅をしていた。

武芸に秀でていた猪三郎には、軍鶏の能力を見抜く眼力があったのだろう。惣兵衛によると、若鶏だけでなく雛であっても、かれが選んだ軍鶏は、必ずと言っていいほど物になったとのことだ。

強い軍鶏を求めている猪三郎が、黄金丸のことを耳にせぬはずがない。羽根や羽毛が輝くばかりに美しいだけでなく、類を見ないほど粘り強い闘いをする軍鶏に心を動かされて当然だ。

岩倉源太夫は黄金丸が欲しいばかりに、鳥飼と名乗る浪人の果たし合いを受け、斬り殺してそれを手に入れた、と言う者さえいた。ますます見たくなったことだろう。

忠吾のことがあったために、声を掛けるまでに二ヶ月もかかったにちがいない。

――やはり黄金丸の件であろうな。いや、それしかあるまい。

となると、どのような提案、あるいは申し入れをしてくるだろうか。そう思いつつ、源太夫は田貝家の門を潜《くぐ》った。

思いもかけなかったが、家士だけでなく本人の猪三郎が待ち受けていた。

「夜分におじゃまを」

「ご足労掛けてすまぬ」

源太夫はうなずくと家士に大刀を預けた。

表座敷ではなく離れに案内された。家督を譲った強次が妻を娶り、万右衛門と名を改めたころにでも、猪三郎は離れに移ったのだろう。妻女を亡くしたまえか、あとかまではわからなかった。

万右衛門があいさつしてさがると、すぐに酒肴が運ばれた。

猪三郎は、それまでの蟠《わだかま》りなどなかったかのような、にこやかな顔である。

「たまには同好の士として、楽しく語らいたいと思うてな」

「なかなかの良鶏《りょうけい》を育てられておると、仄聞《そくぶん》しておりますが」

「いやいや新参者で、岩倉どののようにはまいらぬ。なんだ、このような駄鶏かと笑われそうでな」

「そのようなことはありますまい。遠くにまで求めに赴《おもむ》かれたとか。一度、お見せねがいたいものです」

社交辞令ではなく正直な気持であった。惣兵衛の話を聞いてから、どのような軍鶏を育てているのか、気に掛かっていたのである。

「いつでも見てくだされ」と言いながら、猪三郎は徳利を手にした。「まずは一献」

二人の猪口《ちょこ》に注ぎ、飲み干すとふたたび満たした。

「と申して、こんな時刻にお見せする訳にはまいらんが」苦笑しながらそう言うと、猪三郎は表情を改めた。「それがしも貴殿の軍鶏を見せていただきたいのだが、であればいかがであろう。一度、鶏合わせを願えぬかな」

かすかな躊躇いを見せた源太夫に、猪三郎は心得顔で言った。

「賭け勝負はせぬとのことなので、金は賭けずともよい。それとも、禁を破って賭けられるか」

「人それぞれに考えもあろうから、とやかくは申さぬが、拙者は賭けと売買はせぬことにしておる」

「売買は、ということは、交換には応じられるということだな」

「事と次第によっては」

「けっこうだ。で、勝負のつけ方はどうする」

通常は勝負がつくまで闘わせる。土俵からの逃亡、蹲《うずくま》るなどの戦意喪失、悲鳴をあげて敗北を認める、までであった。

勝者はひと声、勝鬨《かちどき》の叫びを発すると、敗者をそれ以上攻撃することはない。実に潔いのである。

もう一つの方法は、両者に力の差がある場合の勝負のつけ方だ。甲乙で甲が力が上だとすると、時間を決めて闘わせる。甲が時間内に乙を倒せば甲の勝ちだが、持ち堪えれば乙の勝ちとなる。

「線香でもかまわぬがな」

明らかな挑発であったが、源太夫は敢えて受けようと思っていた。

鶏合わせに使う線香は、四半刻で灰になる。あらかじめ、一本、二本、あるいは一本半などと取り決めをする。力量差がありすぎる場合は、半分などと時間を短くするのだ。

「双方が二羽の力量を瞭《しか》と把握《はあく》しておる場合は、線香は良い方法かもしれぬが、そうでなければ意味をなさぬ」

源太夫がそう言うと、猪三郎は満足気にうなずいた。

「となると、黒白をつけるということになるが、お互いがこれぞと思うのを持ち寄るということでいいのだな」

「相手の軍鶏を知っておれば、それとこれをと闘わせる軍鶏を決められるが、まるっきり知らぬのでな」

「たしかに知らぬが、闘わせてみたい軍鶏はおる」

「黄金丸であろう」

「わかっておれば話は早い」

「ただあれは、引き取りはしたが」

「であれば、岩倉どのの軍鶏ということではないか」

「たしかにそういうことになるが……」

目付の岡本真一郎は、負傷した源太夫に代わりかれが届けを作成するので、署名してもらうだけでいいと言った。だが源太夫は、鳥飼唐輔と果たし合いをするに至った顚末《てんまつ》と、その結果に関する詳細を届け出た。

鳥飼に関しては、旅籠東雲の宿帳に住まいが記されていたので、江戸の牛込水道《うしごめすいどう》町《ちょう》にあるという長屋の差配《さはい》宛に、町奉行所から確認の書類を送っている。

某月某日、園瀬藩士岩倉源太夫に果たし合いを申し入れて敗れた浪人鳥飼唐輔を、寺町にある正願寺の無縁墓地に葬ったこと。さらに鳥飼の推定年齢、およその身長と体重、人相の特徴などの、確認のための参考事項も付記した。

しかし長屋の差配からは、鳥飼唐輔なる店子《たなこ》はおらず、またそれに該当《がいとう》する浪人あるいはそれらしき人物は、ここ十年を遡《さかのぼ》っても存在しない旨の返信があった。

偽名で闘いを挑み、勝てば本名を名乗る手合いがいない訳ではない。だがそのような考えで、勝てる道理がないのである。

源太夫にすれば釈然としない。鳥飼唐輔と名乗る浪人に挑まれ、果たし合いをして斬り殺した。でありながら、相手は社会的には存在しない人間であった。

さらに言えば、源太夫との果たし合いが真の目的だとしても、最初は鶏合わせを申し入れている。現に黄金丸を鳥籠に、岩倉道場に現れたのだ。

軍鶏は餌をはじめとした日々の世話があるし、鍛えねばならず、間が開きすぎぬようにしながら、鶏合わせをおこなう必要がある。鳥飼がまともにそれをできたとは思えない。でありながらかれは、自分は体力を温存しながら、敵が疲憊するのを待つという戦法を、黄金丸から学んでいたのである。

事情があって引き取りはしたが、黄金丸は源太夫が育て、鍛えあげた軍鶏ではなかった。そのため強い関心はあるものの、自分の軍鶏だとの実感が持てないのである。

だが、源太夫のそんな思いは、猪三郎には理解できぬであろうという気がした。

「交換でも構わぬがな」

源太夫の沈黙を逡巡《しゅんじゅん》と感じたらしく、猪三郎は量《はか》るような目で見ながらそう言った。

「黄金丸が欲しいと申されるのか」

「見てはおらぬが、美麗な軍鶏だと聞いておる。蓑毛が黄金色に輝くと言うではないか。それに類を見ない闘い振りだとのことだ、気を動かされぬ者はおるまい」

黄金丸の実体を知らぬから、ある種の憧れも手伝っているのだろう。だが、源太夫としては黄金丸にさほどの執着はなかった。

源太夫は黄金丸の鶏合わせを二度おこなっている。まず、かれの軍鶏の中でもかなりの力量の持ち主と闘わせたことがある。

それは晋作にも見せたのだが、やはり徹底して相手の攻撃を躱し続けたのである。自分は力を使わずに、敵が疲れ、隙を見せる一瞬を待つという戦法であった。

線香が燃え尽きたとき、黄金丸はそれほど疲れていないのに、相手は人で言えば息があがった状態になっていた。

黄金丸がさほど疲れていないのはわかったが、たっぷりと間を取って、かれはアカウマと闘わせた。源太夫はそれを、晋作に見せることにした。亀吉は鶏合わせを手伝うので、当然見ることになる。

「あのおり、黄金丸は次もおなじように、ひたすら躱し続けるだろうかと申したな」

「はい」

「再度、闘わせることにしたが、晋作はどう思う」

問われた晋作はしばし考えていたが、やがてきっぱりと言った。

「一気に決着をつけると思います」と、そこで間を置いた。「でなければ、残す価値はないと思います」

「申したな。わしも残す意味はないと思う。ただし、おなじ戦法を取れば、だが」

晋作は源太夫の言った意味が理解できなかったのか、とまどったような顔になった。

顔を輝かせたのは亀吉である。

そして結果は、源太夫、ということは亀吉の言ったとおりになった。黄金丸はアカウマに対し、初戦とおなじく、ひたすら躱し続けたのである。

「どうしておわかりだったのですか」

「勘だ。晋作よりはずっと長く、軍鶏を見てきたからな」

晋作はきらきらと光る目で、じっと源太夫を見た。それ以上に目を輝かせていたのは亀吉である。

源太夫には確信があった。

前回、アカウマと闘って相手の実力を知った黄金丸が、一気にケリをつける戦法を選べる訳がない。

双方が最初から全力を尽くして闘えば、アカウマのほうが有利になる。黄金丸は体力の優れた若鶏がへとへとになるまで、勝機を得られないのを感じたはずであった。

となると持っている力を出し切る短期決戦では、むしろ不利になる。

耐えに耐えて、ひたすら相手が消耗《しょうもう》するのを待つしか方法がないのだ。自分は力を温存し、疲れ切った若鶏が見せるであろう一瞬の隙を衝くしか手はないのである。その意味で黄金丸は非凡な軍鶏であった。おそらく早い時期に、自分にはそれ以外に勝てる方法はないと直感したのだろう。

「それにしても、秋山どのは大した師匠であったなあ」

と、源太夫は権助に言った。

「秋山どの？　ああ、軍鶏師匠でございますな」

源太夫には二人の師匠がいる。剣の師匠の日向主水《もんど》と、軍鶏の師匠、大身旗本の秋山勢右衛門である。

その秋山がこう言った。

「子に確実に伝わるものと、伝えられぬものがある」

無敗というだけでなく、自分よりおおきな相手であろうと、一瞬にして倒してしまう名鶏イカズチ。源太夫がその闘い振りから秘剣蹴殺しを編み出したイカズチは、敏捷ではあったが小柄で平凡に見える軍鶏であった。

しかし強かった。群を抜いて強かった。

となると、その子に期待するのは当然だろう。

勢右衛門は雌鶏の何羽かとイカズチを番わせた。おそらくイカズチに匹敵《ひってき》する、あるいはそれを超える名鶏が得られると思ったが、期待は叶《かな》えられなかった。水準以上ではあっても、父を凌ぐ軍鶏は得られなかったのである。

攻撃の速さや持続力など、資質や体力は親から子、そして孫に伝わるが、闘いの技術は個々の軍鶏が独自に獲得したものなのだ。イカズチも黄金丸も、自分の短所を補《おぎな》い長所を活かす戦法を、比較的早い時期に身につけたのである。

源太夫は黄金丸に対する評価をさげたが、その裏には「強い軍鶏は美しく、美しい軍鶏は強い」との、かれの信条が絡んでいた。

黄金丸の戦法では、相手を倒すまでに長時間かかる。となれば、羽毛や羽根が損なわれるはずだ。現に数度の鶏合わせで、胸前や頸はすでに肌の一部が露出し始めていた。

つまり醜《みにく》くなりかけていたのである。羽毛に損耗がなく、陽光を受けたときのみに限定される美しさは、源太夫にとっては認められぬものであった。闘ったあとにおいても美しくなくては、真に強い軍鶏とは言えない。

「買い取ってもよいのだが、岩倉どのにはその気がない。となれば交換だが」

猪三郎は源太夫の優柔不断さに、いささかいらついたような言い方をした。

「その気はないか」

「いや、ないわけではない。ときと場合による」

「煮え切らぬ男であるな」

皮肉な目で猪三郎は源太夫を見た。

「鶏合わせを受けよう」と、源太夫は冷静に応じた。「望みどおりこちらは黄金丸。結果を見て、それでもと申されるなら、交換に応じてもよい」

してやったりという顔になった猪三郎は、じっと源太夫の目を見たまま念を押した。

「そちらは黄金丸。こちらの軍鶏は」

「おまかせする。どのような軍鶏をお持ちか存ぜぬゆえ」

「決着のつけ方は」

「線香でよろしかろう。一本で四半刻ゆえ、闘い振りを見るなら十分と思うが」

少し間があったのは、猪三郎としては完全に勝負をつけたかったからにちがいない。

「わかり申した。で、いつ」

「五日後ということでいかがか」

「承知」

なるべく人目に触れたくないため、源太夫が黄金丸を持って、早朝六ッに田貝家に出向くということで話は決まった。

権助は供をしたかったが、餌をはじめ軍鶏たちの世話があった。それに、源太夫も権助もおらず、黄金丸の姿が見えないとなると、弟子たちが騒ぐのがわかっていたからだ。

源太夫が亀吉を連れて行くことにしたのは、かれが黄金丸の資質を見抜いたことに対する、いわば褒美《ほうび》であった。

七

田貝家での鶏合わせと、亀吉を同道させることを、源太夫は権助に伝えておいた。

権助は早めに起きて麦飯をやわらかく炊くと、やはり煮ておいた根菜を加え、普段の三分の一くらいの量を黄金丸に与えた。

「昼間なら気にしなくていいが、朝の早い時刻に鶏合わせをやるときは、あまり喰わせてはいかん。と言うて水だけでは力が出せん」

黄金丸に餌を与えながら、権助は亀吉に教えた。

「こなれの悪い糠や、刻んだ生の野菜はやらぬように」

東の空が茜《あかね》色に染まったころに餌を与え、喰い終わると黄金丸の鶏小舎を莚で被った。陽が射し始めたので、必要以上に刺激を与えないためである。

続いて権助は鳥飼唐輔が使っていた鳥籠を、大風呂敷で被った。しかし、黄金丸を籠に入れるのは移動の直前になる。

そうしておいてから、二人はほかの軍鶏の餌を用意した。

源太夫がいつもより早い朝食を終えると、六ツ（六時）まえであった。田貝家は三の丸の下にあるので、丁度いい時刻である。

羽織袴の源太夫が母屋を出ると、待っていたように、権助が鶏小舎の黄金丸を鳥籠に移した。大風呂敷で黄金丸の姿を見えなくした鳥籠は源太夫が持ったが、なぜなら亀吉にはとてもむりだったからである。

二人は黙って門を出た。

見あげると、一点の隈《くま》もない快晴である。

鈍色《にびいろ》をした濠の水に空が映ると、黝《あおぐろ》く見えた。

三の丸下の田貝家の門のまえには、猪三郎が立ち、二人に気付くなり何度もうなずいた。我慢できずに門から出て、待っていたのである。

——ここにも軍鶏狂いが一人。

源太夫は自分のことは棚《たな》にあげて、思わず苦笑を洩らした。

猪三郎は近付きながら声を掛けた。

「待ちかねたぞ」

言いながらも鳥籠を、いや、それを被った大風呂敷を見ている。亀吉のことは終始、無視したままであった。

「しばし待たれよ」

源太夫は悪戯心《いたずらごころ》が起きてわざと焦らした。文武を兼ね備えたとして知られた猪三郎の、あまりの子供っぽさが滑稽《こっけい》でならなかったのだ。

鳥籠を提げて門を入ると、飛び石を辿って庭に入った。

中間が二人、莚を丸めた土俵の脇で控えていた。一人は初老で、もう一人はまだ若かったが、示しあわせたかのように無表情であった。

七輪の上では薬缶《やかん》が湯気をあげ、手桶や盥も用意してある。水を満たした土瓶、手拭いと線香も置かれていた。万端《ばんたん》整えて待ち受けていたのだ。

庭に唐丸籠が三つ置かれ、それぞれに軍鶏が入れられている。猪三郎が自慢の軍鶏を選んだのだろう。どれも体格がよく、均整がとれていた。

三羽いるということは、黄金丸を見てから相手を決めようと思ったからにちがいない。つまり、それだけ個性的な闘い方をする軍鶏をそろえたということだ。

黄金丸のための唐丸籠も用意されていた。というより猪三郎は、鶏合わせのまえにじっくりと見たいにちがいない。

「狭苦しい籠から早く出してやれ」

「そう急かさずとも」

源太夫はゆっくりと大風呂敷の結び目を解《ほど》くと、ひと呼吸おいて、それを一気に取り去った。

「おおッ！」

猪三郎だけでなく、無表情を通していた二人の中間も声をあげた。

「羽根が抜け落ちて、いくらかみすぼらしくなったが、道場に来たときはこんなものではなかった」

朝の新鮮な陽光を全身に受けて、黄金丸は微動もしなかった。蓑毛が金色に輝く。風がないので羽毛も揺るがない。まるで彫像《ちょうぞう》のようである。

源太夫は空の唐丸籠を被せた。

「これで、みすぼらしいと申されるか」

「羽毛の一枚も損じていないおりに、お見せしたかったたな」そう言ってから、源太夫は続けた。「秋になって新しく生え換われば、その美しさを堪能してもらえるのだが」

「美しい、これでも十分すぎるほど美しい」

「では、始めるとするか。敵手はどれだ」

「急かすな。もう少し見てから決めても遅くはなかろう」

源太夫がうなずくと、猪三郎は腕組みをして、かなりのあいだ黄金丸を凝視《ぎょうし》していた。それからゆっくりと鳥籠に近付き、しゃがみこむと、編んだ竹に鼻が触れそうになるほどの距離から見詰める。

隠居の惣兵衛は、猪三郎を相当な眼力の持ち主だと言っていたが、判断する独自の基準を持っているのだろう。

静かに立ちあがった猪三郎は、一間ほどの距離を置いて、唐丸籠の周りをゆっくりと廻り始めた。右側面から、正面から、左側面から、そして背後から、ほとんど瞬きもせず、睨みつけるように見、今度は反対側に廻る。

かれは黄金丸の周りを三周した。

「美しいだけでなく、見事な軍鶏であるな」

だが、かならずや弱点があるはずだ、とでも言いたそうであった。

見終わった猪三郎は、腕を組むと目を閉じた。

「よし、始めるとしよう」

そう言うと、猪三郎は目で唐丸籠の一つを示した。若い方の中間が走り寄り、一番色の濃い猩々茶の籠をあげて、背後から包みこむようにして抱きあげた。初老の男が黄金丸をおなじように扱い、二人は丸めて立てた莚を挟んで蹲踞《そんきょ》した。

手伝わなくていいのか、と言いたげな目で亀吉が見あげたので、源太夫はうなずいた。

「よく見ておくのだ」

軍鶏は、口を開けるしか体温をさげる方法がない。そのため鶏合わせのまえには、むりに嘴を開けて水を流しこみ、口に含んだ水を霧状に顔に吹き掛ける。

猪三郎が七輪の熾《おき》で線香に火を点けて立て、合図をすると、中間がそっと軍鶏を地面におろした。

二羽が同時に、可能なかぎり高く跳びあがる。まず、どんな軍鶏であろうとそうするのが常道だ。黄金丸はちがった。体重を掛けた敵の攻撃を、顔を襲う鋭い爪を受けたと思った瞬間に躱し、横に廻ろうとした。

「むッ」

猪三郎が思わず呻いた。

猩々茶はすばやく体勢を立て直すと、黄金丸が逃げようとする方向に、凄まじい蹴りを入れた。黄金丸は間一髪で蹴爪《けづめ》を避け、ふたたび横に廻ろうとする。

源太夫は唸らずにはいられなかった。やはり猪三郎の眼力には、凄いものがあると感じたのである。だからその軍鶏を選んだのか、と納得せずにはいられなかった。

黄金丸は小柄というほどではないが、標準よりはややちいさい。対して猪三郎の選んだ猩々茶は、かなり大柄で体格がよかった。その割に敏捷なのである。黄金丸が粘り強く相手の攻撃を躱し、勝機を狙う戦法を採ると聞いた猪三郎は、それを圧倒する体力とすばやさを持った軍鶏を選んだにちがいなかった。

それまで源太夫が見た何度かの闘いに較《くら》べ、黄金丸には余裕が見られなかった。

ところが、攻撃を躱すばかりで決して攻撃を仕掛けない黄金丸を、猩々茶は見縊《みくび》ったのかもしれない。反撃の余裕すらないと判断したようだ。攻めの動きが、次第におおきく、乱雑になってきたのがわかった。力任せに、矢継ぎ早の攻撃を繰り出し始めたのである。

黄金丸は決定打を受けることなく、柳に風とばかり躱し続けた。今度こそ蹴られた、あるいは嘴で目をつつかれた、体格のよい相手に頸を絡められる、と思うのだが、ことごとく外してしまう。

「それまで」

猪三郎が声を掛けたときには、線香は燃え尽きて白い灰だけになっていた。

中間が二羽を、両手で背後から包みこむようにして捕らえ、唐丸籠に移した。双方、ほとんど傷らしい傷を負っていなかった。黄金丸が猩々茶の攻めを凌《しの》ぎ切り、自分は攻撃をしなかったからである。

しかし疲労の度合いは、はるかに猩々茶のほうがおおきかった。嘴を開けて喘いでいたが、黄金丸はほとんど呼吸を乱していない。

「うーむ」

腕を組んだまま猪三郎は唸り声を発した。

「なるほど、これが黄金丸か」

「どう思われた」

「聞きしに勝る戦上手《いくさじょうず》」

「まるっきり攻めてはおらぬが」

「あとは時間の問題であろう。疲れて攻めが雑になり、隙だらけだ。あれでは反撃されれば一溜《ひとた》まりもない」

「特異な軍鶏であることはたしかだ」

それが聞こえなかったのか、猪三郎は長いあいだ黙したままであった。自分の知識と経験を総動員して、どうすべきかを考えているのだろう。

やがて猪三郎は源太夫に向き直った。

「事と次第によっては、交換に応じてもよいと申されたな」

「さよう」

「どのような条件なら応じられるか」

「田貝どのが決めた軍鶏なのか、選んだ何羽かから一羽を選ぶのか、それともお持ちのすべての軍鶏から、みどもが選んでよいのか」

「わしの決め方によっては、応じぬこともあるのか」

「当然でござろう。おいぼれを選ばれては、応じる訳にはまいらぬからな」

「とすれば選んだとしてもおなじか」

「選び方、つまり貴殿の誠意次第だ」

猪三郎は天を仰いで、咽喉の奥で乾いた笑いを立てた。

「よろしい。すべての軍鶏から選んでかまわぬ」

「さすが田貝どのだ。広い度量であるな」

「皮肉はやめてくれ」

「決して後悔なさらぬか」

「くどい」

「では、それと交換していただこう」

源太夫が黄金丸と闘ったばかりの猩々茶を示すと、猪三郎は信じられぬという顔になった。いや、驚愕したと言っていいだろう。

「だが、なぜに？　そやつは黄金丸に、軽くあしらわれたのだぞ」

「みどもが知っておる田貝どのの軍鶏は、そいつだけなのでな。それと見どころがある。荒削《あらけず》りではあるが、いいものを持っておるので、鍛えようによっては一廉《ひとかど》の猛者《もさ》になろう」

「よいのか、本当に」

「二言はない」

「よし、手を打った」

莞爾《かんじ》として一笑すると、源太夫は黄金丸を入れてきた鳥籠に猩々茶を収めた。

「双方が満足いく形になってよかった」と、源太夫は猪三郎に笑い掛けた。「同好の士として、今後とも鶏合わせをしたいと思うが」

「望むところだ」

両名が満足のうちに、別れることができたのである。

屋敷に戻って庭に入るなり、権助がやって来て鳥籠にちらりと目をやった。亀吉と目があうと、にやりと笑う。

「田貝さまは軍鶏を見る目はおありでしょうが、駆け引きに関しては、旦那さまの敵ではございませなんだですな」

八

源太夫が猪三郎の軍鶏と黄金丸を交換したことは、園瀬の軍鶏好きたちを大いに驚かせた。

田貝家とは、忠吾と現当主の万右衛門兄弟が弟子であるという以外には、接点がなかったからである。特に軍鶏を通じては皆無《かいむ》であったのになぜ交換をと、経緯を知らぬ連中には、まさに電撃的だと感じられたらしい。

大工の留五郎、中藤晋作をはじめとした弟子たち、さらには豪農や職人の棟梁《とうりょう》な

かった。

　とは言っても、さすがに隠居の惣兵衛にだけは、黙って通すことはできない。

　二人は件《くだん》の軍鶏を目の前にしている。名は来光《らいこう》だ。赤褐色をした猩々茶の中でも、とりわけ明るい色をしているので、御来光と洒落《しゃれ》たのである。酒呑童子《しゅてんどうじ》を退治した源《みなもとのよりみつ》　頼光のごとく強くなれ、との意味も含ませていた。

　武家と商人の隠居という関係なので遠慮してはいるが、惣兵衛が本心では憤慨しているのが源太夫にはよくわかった。

「なぜさきに、わたくしめに声を掛けていただけなかったのでしょう」

「ということは、黄金丸を良い軍鶏だと思っておったということであるか」

「当然でしょう。あれだけの軍鶏は、めったにいるものではありません」

「たしかに稀《まれ》に見る素質の持ち主ではある」

「そうですとも」

「あの闘い振りは、ほかの軍鶏には容易にまねできるものではない」

「それがおわかりなのに、なぜ」

「長所は短所の裏返しであり、美点は欠点ともなる」

「なにをおっしゃりたいのか」

「つまり、こういうことだ」

源太夫は交換に至る過程を、淡々と語って聞かせた。話し終えても、惣兵衛は釈然としないらしく、むっつりとしている。

「そんな顔をするな。黄金丸は消えた訳ではない。田貝家の屋敷に赴《おもむ》けば、いつでも見られるではないか。それに、鶏合わせもできるだろうし、話の持って行きようでは、番わせてもらうこともできよう」

話しあいがつけば、自分の雌鶏を連れて行き、これぞという雄鶏と掛けあわせるのだ。対価を払うこともあれば、卵や雛を分けることもある。

「岩倉さまは、わたくしどもに対しても、分け隔《へだ》てなく接していただいておりますが」

「田貝猪三郎どのも同好の士だ。同好の士となると、俳諧の会とおなじではないのか」

惣兵衛は、九日会《ここのかかい》の会の同人で、俳名を写模《しゃも》という。そのことは中老の芦原讃岐から聞いていたが、九日会では身分や仕事に関係なく、だれもが平等で、俳名で呼びあっているとのことだ。問われるのは作品の質だけであった。

「俳諧は言葉を扱いますから罪はありませんが、相手が生き物となると、そうは簡単にはまいりません」

さもあらんとは思ったが、源太夫はそれ以上の深入りはしなかった。

「田貝どのが、黄金丸を手放すこともあるやもしれん」

手に入れたものの、期待に副《そ》わなかったからと、交換や売り買いに応じることも、考えられぬことはない。猪三郎が見切りをつけたあとでも、惣兵衛は黄金丸を欲しがるだろうか。

結局、惣兵衛老人は、控え目に愚痴《ぐち》っただけで引きあげた。

それまでは使いを出して、お互いの都合を問いあわせてからにしていたが、黄金丸が源太夫のもとにいるあいだは、惣兵衛は前触れもなくやって来ることが多かった。

ところが田貝猪三郎の手に渡ると、ふたたび以前の状態にもどったのである。

ある日の九ツ（正午）まえ、下男の茂吉《もきち》が惣兵衛の手紙を持って来た。無口で無愛想な中年男で、満足に伝言できないからと、老人は書面を認《したた》めたにちがいない。

ご足労をお掛けしてまことに申し訳ないのだが、ご相談したきことが出来《しゅったい》したので、なるべく早い日の八ツ前後に、隠居所まで来ていただけないか、とある。

惣兵衛の隠居所は、寺町よりさらに北にあった。軍鶏を飼うために、百姓家を買って手を加えたものだ。

道場主の源太夫としては、容易に空けられぬ時間であったが、それだけ悩んでいると思われた。惣兵衛が堀江丁の源太夫の屋敷に来ないということは、軍鶏に関すること以外には考えられない。

その日は好都合なことに、高弟が何人か来ていたので、指導の段取りをつけて、八ツに伺うと伝えて茂吉を帰した。

着流しに脇差しだけを帯して隠居所を訪うと、待ちかねていたらしく、転びそうなほどの早足でやって来た惣兵衛が、何度もぺこぺことお辞儀をした。

「お呼び立てして、本当に申し訳ございません」

「田貝どのに、黄金丸との鶏合わせを挑まれたのだな」

「どうしてご存じで？　だれも知らぬはずでございますが」

源太夫はその問いには笑って答えなかったが、それ以外に考えられないのである。

惣兵衛の最大の関心事は黄金丸で、我慢できずに田貝屋敷を訪れたのだろう。そこであれこれ話しているうちに、話が鶏合わせに及ぶのは必然の成り行きである。ともに軍鶏自慢同士とくれば、だったら闘わせようではないか、となったにちがいないのだ。

源太夫には黙っているが、当然、賭け試合のはずであった。金が動くからには、いや、軍鶏飼いの意地や誇りからも、どうしても勝たねばならない。負ける訳にいかないのである。

となると、黄金丸の闘鶏を一番多く見ているばかりか、猪三郎の軍鶏と闘わせたことのある源太夫に、相談したくなるのは当然のことであった。

だれが考えても、その結論には一本道で辿り着けるはずである。

「黄金丸の闘い振りについては、先だって話して聞かせたので、十分に対策の立てようもあろうが」

「とは申されましても」

「惣兵衛どのは、黄金丸が真に強いとお考えか」

「岩倉さまは、そうではないと」

「真に強ければ、なぜあのような戦法を採るか」

「……！」

「よろしいか。黄金丸が掛け値なしに強ければ、緒戦から徹底的に攻め、攻めに攻め抜いて圧倒してしまう」

「たしかに、仰せのとおりで」

「黄金丸は相手に攻めたいだけ攻めさせる。自分はひたすらそれを躱す。ご隠居は剣をやらぬゆえわからぬであろうが、あれは攻めるほうが倍以上の力を使う。それだけ疲れも早く激しい」

「敵が疲れて動きが鈍《にぶ》るまで、なんとか耐え忍ぶ訳ですな。そして一瞬の隙を衝いて仕留める」

「おわかりでないか」

「なるほどなるほど」惣兵衛の顔がすっかり明るくなった。「いくらかわかってまいりました。いかがでしょう、いっしょにわたくしの軍鶏を見ていただけませんか」

惣兵衛の軍鶏小舎は、母屋とは別棟になった納屋に、差し掛けとなって造りつけられていた。近付くにつれて悪臭が強くなる。鼻にまとわりつくような鶏糞の、重く澱《よど》んだ臭いであった。

権助は餌を喰い終わった軍鶏を庭の唐丸籠に移すと、毎日、鶏糞をこそげ落とし、五日置き、夏場は二日か三日置きに、鶏小舎を水洗いしていた。権助を師と仰《あお》ぎ、岩倉家で働けるようにしてくれた恩人と見ている亀吉は、そのやり方を踏襲《とうしゅう》している。

ゆえに軍鶏道場の鶏小舎は、きわめて清潔であった。

惣兵衛の下男の茂吉は、恐らく掃除らしい掃除はせず、ほったらかしにしているのだろう。町なかでないのと、敷地が広いので、周辺から苦情も出ないからかもしれない。

源太夫は悪臭に辟易《へきえき》しながら見て廻った。鶏合わせや番わせのために何度も来て、そのたびに見てはいるが、全部の軍鶏をまとめて見るのは初めてである。

雄鶏に雌鶏、成鶏に若鶏、そして雛と、ゆっくりと見ながら話を続けた。

「田貝さまは、岩倉さまのおっしゃったことに、気付かれなかったのでしょうか。相当な具眼の士と、お見受けしたのですが」

「わしは運がよかったのよ」

「と申されますと」

「田貝どのは黄金丸の闘い振りばかりに気を取られ、来光、というのは交換して得た軍鶏だが、来光が黄金丸を嘗《な》めてかかっているのに、気付かなかったのだ」

反撃できぬのだと勘違いし、いつでも倒せると攻撃が雑になった。そのためますます攻めが雑になり、むだな力を使い、黄金丸の術中に嵌《は》まってしまったのである。

「黄金丸にばかり気を取られた田貝どのは、二羽の駆け引きを見落としてしまった」

猪三郎が試合を止めたとき、黄金丸はいつでも来光を倒せる状態にあったのである。

「そうしますと、黄金丸に躱し続ける暇を与えぬほど、二段構え、三段構えの攻撃を続けざまに繰り出せる」

「さよう。黄金丸が長期の闘いに持ちこもうとするなら、その逆を衝ける多彩な技と、敵を釘付けにできるほどの速い攻撃を、連続して繰り出せる軍鶏ということになる」

「ありがとうございました。岩倉さまのお蔭で、迷いは吹っ切れました」

二人は鉤型《かぎ》になった鶏小舎の、最後の囲いに来ていた。

「黄金丸の相手は決まったようだな」

「はい。自信を持って闘わせられます」と、惣兵衛は明るく笑った。「ところでご覧いただいた中で、岩倉さまがもっとも気に入られたのは、どの軍鶏でございましょう」

鶏小舎と庭の唐丸籠を併せると、三十羽を超える数であった。

「さすがにいいのをそろえておられるので、目移りがするが、一羽と言われれば」と、源太夫は唐丸籠の一つを指差した。「あの鳥だな」

その軍鶏は艶《つや》やかな漆黒《しっこく》をしていた。それだけに、硬くてちいさな胡桃鶏冠《くるみざか》の赤、虹彩の明るい褐色、そして緑、紫、青、紺などの金属光沢を帯びた、頸の蓑毛があざやかであった。

最大の魅力は均整のとれた体、特に腿《もも》の肉の張りがよい点だ。そして鋭い眼光。それだけを取っても、群を抜いていたのである。

「わたくしがもっとも気に入っている軍鶏でございますよ」

「となると、交換には応じてもらえそうにないな」

「あれ以上の軍鶏がおりましたら、いつでもお取り換えいたしますが」

「お蔭で目の保養ができた。礼を言う」

「お礼を申さねばならぬのは、わたくしでございます。本当にお忙しいところ、ありがとうございました」

「ぜひ見たいものだな。わしだけではあるまい、園瀬の里の軍鶏馬鹿、ではなかった、軍鶏狂いはだれだっておなじであろう」

「そのことでございますが、田貝さまから言ってはならないと、堅く禁じられておりまして」

「残念であるな。であれば、よき報せを待っておる」

園瀬の里から黄金丸が姿を消したことで、軍鶏好きたちは大いに残念がった。なんでも鶏合わせに備えて鍛えているときに、致命的な怪我を負ったので、処分せざるを得なかったとのことである。

だが、それは事実ではない。

真相を知っているのは、当事者の田貝猪三郎と太物問屋結城屋の隠居惣兵衛の二人だけのはずだが、実はもう一人いた。岩倉源太夫である。

助言を受けた惣兵衛が、他言無用と断った上で、源太夫に報告した。

「決着をつけるとのことで、線香は点けませんでしたが」

と惣兵衛は語り始めた。

黄金丸はひたすら躱し、凌ぎに凌いだのだが、矢継ぎ早の攻撃から逃れ切れなかったのである。いくら避け、そして躱しても、攻めの手は決して弛《ゆる》まず、逃れようとする先々に先手を打たれた。

恐らくは考えも及ばぬほどの相手に迫られ、黄金丸は恐慌に陥《おちい》ったにちがいない。完全に狼狽《うろた》え、心と体の均衡を喪《うしな》って棒立ちになってしまった。

その瞬間を逃さず、跳びあがった惣兵衛の軍鶏は、両脚の蹴爪を黄金丸の顳顬《こめかみ》に叩きつけた。黄金丸は昏倒《こんとう》して、起きあがることはおろか、動くことすらできなかった。即死である。致命的な怪我などではなかったのだ。

「線香にしましたら、一分《いちぶ》かせいぜい二分《にぶ》だったでしょうね」

鶏合わせに使う線香は四半刻で燃え尽きる。その一割か二割ということは、三分から六分という短時間で決着したのだ。

猪三郎は目を剝き、顔を引き攣《つ》らせた。なにか言い掛けて、口を噤《つぐ》んだとのことだが、岩倉に謀《たばか》られたとでも言いたかったにちがいない。

惣兵衛にとって、その勝利がいかに嬉しかったかという点に関しては、下男の茂吉が大八車に唐丸籠を積んで従ったことをみてもわかるだろう。そのなかには漆黒の、惣兵衛一番のお気に入りの鳥が入れられていた。

ただし、源太夫の助言によって勝てたので、その礼に鳥を譲るというのではない。源太夫の雌鶏と番わせ、孵った雛はすべて源太夫の物にしていいと言うのである。

本来なら雌を持って行き、産んだ卵を折半するのが決まりであった。ところが惣兵衛は鳥をわざわざ持参し、雛はどうかご自由にとのことだから、いかにうれしかったかがわかろうというものだ。

おそらく、源太夫には考えもできぬほど多額の金が賭けられていたのだろう。いやそれよりも軍鶏飼いとしての面目を保てたこと、長く飼ってきた惣兵衛が新参者である田貝猪三郎の挑戦を受けて、見事に一蹴した、その誇らしさの発露であったにちがいない。

鶏合わせの件は口外無用と猪三郎に釘を刺されているので、自分の軍鶏があの黄金丸をわずかな時間で蹴殺したのに、惣兵衛はだれにも自慢できないのである。その唯一の例外が源太夫だが、その口実として鳥を使ったというのが真相ではないだろうか。

そのようにして、黄金丸騒動は幕を閉じた。

源太夫は猪三郎と交換するまえに、黄金丸と自分の雌鶏を掛けあわせようかと迷ったが、結局はそうしなかった。なぜなら黄金丸は、強い軍鶏は美しく、美しい軍鶏は強いというかれの美学に、どうしても当てはまらなかったからだ。

金色の蓑毛を持った軍鶏は、伝説の名鶏となることができず、一代で血を絶やした。

一〇〇字書評

切り取り線

購買動機（新聞、雑誌名を記入するか、あるいは○をつけてください）	
□（　　　　　　　　　　　　　　）の広告を見て	
□（　　　　　　　　　　　　　　）の書評を見て	
□ 知人のすすめで	□ タイトルに惹かれて
□ カバーが良かったから	□ 内容が面白そうだから
□ 好きな作家だから	□ 好きな分野の本だから

・最近、最も感銘を受けた作品名をお書き下さい

・あなたのお好きな作家名をお書き下さい

・その他、ご要望がありましたらお書き下さい

住所	〒				
氏名		職業		年齢	
Eメール	※携帯には配信できません	新刊情報等のメール配信を 希望する・しない			

この本の感想を、編集部までお寄せいただけたらありがたく存じます。今後の企画の参考にさせていただきます。Eメールでも結構です。

いただいた「一〇〇字書評」は、新聞・雑誌等に紹介させていただくことがあります。その場合はお礼として特製図書カードを差し上げます。

前ページの原稿用紙に書評をお書きの上、切り取り、左記までお送り下さい。宛先の住所は不要です。

なお、ご記入いただいたお名前、ご住所等は、書評紹介の事前了解、謝礼のお届けのためだけに利用し、そのほかの目的のために利用することはありません。

〒一〇一－八七〇一
祥伝社文庫編集長　坂口芳和
電話　〇三（三二六五）二〇八〇

祥伝社ホームページの「ブックレビュー」からも、書き込めます。

http://www.shodensha.co.jp/bookreview/

祥伝社文庫

ふたたびの園瀬《そのせ》　軍鶏侍《しゃもざむらい》

平成26年4月20日　初版第1刷発行

著　者　野口卓《のぐちたく》
発行者　竹内和芳
発行所　祥伝社《しょうでんしゃ》
東京都千代田区神田神保町3-3
〒101-8701
電話　03（3265）2081（販売部）
電話　03（3265）2080（編集部）
電話　03（3265）3622（業務部）
http://www.shodensha.co.jp/

印刷所　堀内印刷
製本所　ナショナル製本
カバーフォーマットデザイン　中原達治

 ISBN978-4-396-34031-5 C0193

祥伝社文庫の好評既刊

野口 卓
軍鶏侍《しゃも》

闘鶏の美しさに魅入られた隠居剣士が、藩の政争に巻き込まれる。流麗な筆致で武士の哀切を描く。

野口 卓
獺祭《だっさい》 軍鶏侍②

細谷正充氏、驚嘆！ 侍として峻烈に生き、剣の師として弟子たちの成長に悩み、温かく見守る姿を描いた傑作。

野口 卓
飛翔 軍鶏侍③

小梛治宣氏、感嘆！ 冒頭から読み心地抜群。師と弟子が互いに成長していく成長譚としての味わい深さ。

野口 卓
水を出る 軍鶏侍④

強くなれ――弟子、息子、苦悩するものに寄り添う、軍鶏侍・源太夫。源太夫の導く道は、剣の強さのみにあらず。

野口 卓
猫の椀

縄田一男氏賞賛。「短編作家・野口卓の腕前もまた、嬉しくなるほど極上なのだ」江戸に生きる人々を温かく描く短編集。

今井絵美子
夢おくり 便り屋お葉日月抄①

「おかっしゃい」持ち前の侠な心意気で邪な思惑を蹴散らした元芸者・お葉。だが、そこに新たな騒動が！

祥伝社文庫の好評既刊

祥伝社文庫の好評既刊

岡本さとる　取次屋栄三《えいざ》

武家と町人のいざこざを知恵と腕力で丸く収める秋月栄三郎。縄田一男氏激賞の「笑える、泣ける」傑作時代小説。

岡本さとる　がんこ煙管《ぎせる》　取次屋栄三②

栄三郎、頑固親爺と対決！　「楽しい。面白い。気持ちいい。ありがとうと言いたくなる作品」と細谷正充氏絶賛！

岡本さとる　若の恋　取次屋栄三③

名取裕子さんもたちまち栄三の虜に！「胸がすーっとして、あたしゃ益々惚れちまったぉ！」大好評の第三弾！

岡本さとる　千の倉より　取次屋栄三④

「こんなお江戸に暮らしてみたい」と、日本の心を歌いあげる歌手・千昌夫さんも感銘を受けたシリーズ第四弾！

岡本さとる　茶漬け一膳　取次屋栄三⑤

この男が動くたび、絆の花がひとつ咲く！　人と人とを取りもつ〝取次屋〟の活躍を描く、心はずませる人情物語。

岡本さとる　妻恋日記　取次屋栄三⑥

亡き妻は幸せだったのか？　日記に遺された若き日の妻の秘密。老侍が辿る追憶の道。想いを掬う取次の行方は。

祥伝社文庫の好評既刊

辻堂　魁
風の市兵衛

さすらいの渡り用人、唐木市兵衛。心中事件に隠されていた奸計とは？　〝風の剣〟を振るう市兵衛に瞠目！

辻堂　魁
雷神　風の市兵衛②

豪商と名門大名の陰謀で、窮地に陥った内藤新宿の老舗。そこに現れたのは〝算盤侍〟の唐木市兵衛だった。

辻堂　魁
帰り船　風の市兵衛③

またたく間に第三弾！「深い読み心地をあたえてくれる絆のドラマ」と小椰治宣氏絶賛の〝算盤侍〟の活躍譚！

辻堂　魁
月夜行《つきよこう》　風の市兵衛④

狙われた姫君を護れ！　潜伏先の等々力・満願寺に殺到する刺客たち。市兵衛は、風の剣を振るい敵を蹴散らす！

辻堂　魁
天空の鷹《たか》　風の市兵衛⑤

まさに時代が求めたヒーローと、末國善己氏も絶賛！　息子を奪われた老侍とともに市兵衛が戦いを挑むのは⁉

辻堂　魁
風立ちぬ（上）　風の市兵衛⑥

〝家庭教師〟になった市兵衛に迫る二つの影とは？〈風の剣〉を目指した過去も明かされる興奮の上下巻！

祥伝社文庫の好評既刊

辻堂 魁 風立ちぬ（下） 風の市兵衛⑦

まさに鳥肌の読み応え。これを読まずに何を読む!? 江戸を阿鼻叫喚の地獄に変えた一味を追い、市兵衛が奔る！

辻堂 魁 五分《ごぶ》の魂 風の市兵衛⑧

人を討たず、罪を断つ。その剣の名は――〝風〟。金が人を狂わせる時代を、〈算盤侍〉市兵衛が奔る！

辻堂 魁 風塵《ふうじん》（上） 風の市兵衛⑨

時を越え、えぞ地から迫りくる復讐の火群。〈算盤侍〉唐木市兵衛が大名家の用心棒に!?

辻堂 魁 風塵（下） 風の市兵衛⑩

わが一分を果たすのみ。市兵衛、火中に立つ！ えぞ地で絡み合った運命の糸は解けるか？

辻堂 魁 春雷抄 風の市兵衛⑪

失踪した代官所手代を捜すことになった市兵衛。夫を、父を想う母娘のため、密造酒の闇に包まれた代官地を奔る！

辻堂 魁 乱雲の城 風の市兵衛⑫

あの男さえいなければ――義の男に迫る城中の敵。目付筆頭の兄・信正を救うため、市兵衛、江戸を奔る！